AF140175

Joe Forrest

Kay Fischer

Joe Forrest

Meine Geschichte

Roman

www.kayfischer.de

Bibliografische Information der Deutschen Nationalbibliothek:
Die Deutsche Nationalbibliothek verzeichnet diese Publikation in der
Deutschen Nationalbibliografie; detaillierte bibliografische Daten sind
im Internet über http://dnb.d-nb.de abrufbar.

© 2015 Kay Fischer
Satz, Umschlaggestaltung: Buch&media GmbH, München
unter Verwendung einer Illustration von Kay Fischer
Herstellung und Verlag: Books on Demand GmbH, Norderstedt
ISBN: 978-3-7386-8926-6
Printed in Germany

Anmerkung zur Sprache der Ureinwohner

Im Text wurde eine Mischung aus »Swahili« und einer eigenen, erfundenen Sprache verwendet. Der Autor hat es lange für richtig befunden, am Ende ein vollständiges Wortregister aufzuführen, sich am Ende jedoch (mit einer Ausnahme im mittleren Teil) dagegen entschieden, damit sich der Leser besser in die Situation des Protagonisten hineinversetzen kann. Der Autor empfiehlt, der Geschichte zu vertrauen …

Für Vepirr …

Die Geschichte, die ich erzähle, ist eine besondere. Vielleicht haben Sie schon einmal eine ähnliche gelesen oder gehört, aber diese hier ist anders. Sie ist das Zeugnis einer unglaublichen Reise – kurz gesagt: Es ist meine Geschichte.

1. Teil

Buenos Aires

Mein Name ist Joe Forrest. Ich bin der Sohn eines Gärtners und bin 35 Jahre alt. Warum ich das erwähne? Vielleicht, weil ich gerade aufwache und mir den Schlaf aus den Augen reibe. Vielleicht, weil ich jeden Tag damit beginne, mich zu finden oder gar neu zu erfinden, jene Orientierungslosigkeit abzutragen, die mich nach kurzem Schlaf empfängt.

Es ist die vierte Stunde eines schwülen Dienstagmorgens, als ich mich aus dem Bett raffe und zum Frühstückstisch trotte. Mit noch halbverschlossenen Lidern koche ich mir einen Kaffee, belege Brötchen mit Schinken, Käse, Wurst, Marmelade und Ei. Ich hasse dieses Frühstück, hatte mir schon längere Zeit vorgenommen, meine Ernährung auf gesündere Kost umzustellen. Aber die Bequemlichkeit war immer stärker als der Wille — morgen ist doch auch noch ein Tag, oder übermorgen … es fanden sich immer Gründe, etwas aufzuschieben, nicht zuletzt auch deshalb, weil mein Berufsleben ohnehin schon von ständigen Veränderungen begleitet ist —

Verpflichtungen, die wichtiger sind; und so bin ich doch bei diesem deftigen Frühstück geblieben.

Nach der Mahlzeit lasse ich noch einmal meinen Blick durch die kleine Bleibe streifen, die ich vor Kurzem angemietet hatte: ein Appartement im dritten Stock mit Aussicht auf einen halbwegs begrünten Hof, in dessen Mitte Mülltonnen von Kakteen umringt sind. Zwei Kinder spielen, halten aber Abstand zu den stacheligen Gewächsen, bis sich ihr Ball dann doch darin verfängt.

Ich greife meinen Aktenkoffer, setze die weiße Mütze auf und ziehe hinter mir die Wohnungstür zu, die scheppernd einrastet. Endgültig klingt das Geräusch, aber ich hänge dem Gedanken nicht weiter nach.

Beschwingt laufe ich die Treppe hinunter, denke an den Clark, mit dem ich die nächsten Stunden verbringen werde – vor allem freue ich mich auf Lucy, meine heimliche Flamme, mit der ich schon oft vielsagende Blicke ausgetauscht hatte. Bislang habe ich es leider nicht fertiggebracht, ihr meine Liebe zu gestehen – doch eine innere Stimme mahnt mich, es heute endlich zu tun, weil jeder Tag, an dem man kein Wagnis eingeht, ein verlorener Tag sein könnte. Und wie viele es davon für mich noch geben wird, weiß bestenfalls der Himmel.

Auf der Straße tobt das Leben: Zahlreiche Fußgänger irren durch die Stadt, als fürchteten sie ein Unwetter, vor dem sie sich sofort in Sicherheit bringen müssten. Mindestens genauso viele Autos rauschen über den Asphalt, der schon jetzt wegen der Hitze merkwürdig riecht und mich deshalb fast an Lakritze erinnert. Als wäre es das erste Gebot, hupen die Fahrer, um sich Platz zu verschaffen oder anderen eine Rüge zu erteilen. Überall Abgase … Buenos

Aires, die Metropole, die vor Menschen nur so wimmelt und einem panischen Ameisenhaufen gleicht; was für eine Ironie, dass sie wörtlich übersetzt »gute Lüfte« heißt.

Das Taxi bringt mich zum Flughafen. Sollte ich für Lucy noch eine Blume kaufen? Das würde sie bestimmt überzeugen. Gott sei Dank habe ich genug Zeit eingeplant – ein Pilot muss seine Maschine vorher immer genau überprüfen! Es gehört zum Plan, eine kleine Verspätung bereits einzukalkulieren, um im schlimmsten Fall noch halbwegs pünktlich zu sein …

Ja, am besten eine Vogelblume! Jenes Gewächs, das mir schon früher als Bindeglied zwischen Botanik und Aerodynamik, zwischen Erde und Luft erschien – was passt besser für die Flügel der Liebe als diese schöne Pflanze?

Am Flughafen angekommen vergesse ich die Pflanze gleich wieder, da ich mir vor Menschenmassen kaum einen Weg bahnen kann. Man könnte meinen, die ganze Welt sei unterwegs. Flughäfen üben eine starke Anziehungskraft aus: Hier trifft sich die Welt, hier startet man, um später auf der anderen Seite der Erde zu landen und dort weiter zu wirken. Hier hat alles seinen Ursprung. Dabei spielt es keine Rolle, wie groß Flughäfen sind; allein ihre Funktionen sind es, die sie zu etwas Besonderem machen, zum Schlüssel der Welt werden lassen.

Man könnte meinen, dass jeder Flieger so empfindet, aber das ist ein Irrtum. Viele gehen da recht gleichgültig heran, steigen ins Cockpit und spulen ihre Arbeit ab. Ich hingegen konnte mir solche Gedanken bewahren, was mir den Ruf eines Träumers einbrachte.

Im Sekretariat werde ich gleich mit Neuigkeiten versorgt, während die Telefone klingeln und Faxgeräte rattern. Die Gespräche verlaufen hektisch, »Medizin« kann ich aufschnappen, dann noch etwas mit »Antibiotikum«.

»Da sind Sie ja, Mr. Forrest. Es gibt eine Änderung: Der Käpt'n ist krank geworden.«

»Der alte Clark?«

»Ja, er liegt im Krankenhaus.«

»Ach … was hat er denn?«

»Irgendwas mit dem Magen – könnte länger dauern.«

Ich nicke. Ausgerechnet Clark!

»Sie bekommen einen neuen Käpt'n, und zwar, Augenblick … Mr. Feuerbaum«, erklärt man mir, »er wird in einer halben Stunde hier sein. Der Flug verzögert sich damit ein wenig, alles andere bleibt aber wie geplant.«

Ich nicke und sage nur »okay«.

Eigentlich will ich etwas ganz anderes sagen, so in der Art wie »zum Teufel mit dem Alten«. Feuerbaum ist so ziemlich der Letzte, den ich erwartet, geschweige denn mir gewünscht hätte! Ich kenne ihn noch aus meiner Ausbildungszeit. Er war die Sorte Ausbilder, die ihre Schüler gerne quälten. Fachlich konnte ihm niemand das Wasser reichen. Manche behaupteten sogar, er wäre in der Lage, vorne das Flugzeug ohne Automatik alleine zu fliegen und achtern nebenbei noch den Auspuff zu putzen. Wenn Feuerbaum erschien, breitete sich ringsherum immer respektvolle Stille aus.

Es war damals eine harte Schule. Er hat von uns immer wieder verlangt, Notsituationen auswendig zu lernen, sie gewissermaßen einzuatmen. »Lernt landen!«, hat er immer gesagt.

»Das Wichtigste beim Fliegen ist das Landen!« – natürlich klappte das alles erst nach vielem Üben. Doch was heißt schon »klappte«? Feuerbaum hatte immer etwas auszusetzen. Mir hatte er dann ein rohes Ei ins Cockpit geklemmt. »Das will ich heute Abend noch essen!«, knurrte er. Irgendwann begann ich, mir eine eigene Eiersammlung zuzulegen, um das Ei notfalls auszutauschen. Feuerbaum roch den Braten aber recht bald, sodass er mir nur noch »signierte« Eier unter den Sitz steckte. Wenn man schließlich die Eierprobe bestanden hatte, paffte Feuerbaum seinem Schüler eine dicke Wolke ins Gesicht. »Sie müssen noch viel lernen!«, knurrte er dann, obwohl man seine Sache eigentlich sehr gut gemacht hatte. Der Alte war starker Zigarrenraucher. Kleine oder größere Schikanen gehörten zum Alltag, da war der Qualm das Wenigste.

Unsere Airline konnte sich bald nur noch wenige Maschinen leisten und musste Personal einsparen. Man hatte seinerzeit damit begonnen, ältere Piloten auszumustern – jedenfalls solche, die man für alt hielt. Ich fragte mich damals schon, warum Feuerbaum trotzdem bleiben konnte. Aber die Antwort darauf ließ nicht lange auf sich warten: Feuerbaum war nicht nur anerkannt, ihm gehörte auch die Airline. Zumindest zu einem gewissen Teil – und wer kündigt sich schon selbst?

Ich rühre meinen Kaffee um und blicke durch das Bürofenster hinaus. Überall wird gearbeitet: einladen, ausladen, transportieren, prüfen, miteinander sprechen, sich auf den Flug vorbereiten. Durch die Glastür sehe ich die Passagiere: Frauen, Männer, Kinder – manche in bunten Kleidern, Anzügen, andere mit Bärten und Brillen. Die Kinder sind besonders aufgeregt, zappeln herum, während ihre Eltern versuchen, sie entweder zu beruhigen oder mit intensivem Zeitungslesen zu ignorieren. Andere trinken Kaffee, wieder andere wühlen ihr Handgepäck durch wie auch der kräftige Kerl dort, der seinen Rot-Kreuz-Koffer nicht aus den Augen lässt.

Die Tür geht auf; ich spüre den Alten schon von weitem. Ich weiß nicht warum, es muss wohl so etwas wie eine Schwingung sein, die mein Unterbewusstsein erreicht. Eine Aura von strotzendem Selbstbewusstsein umwebt ihn. Dann steht er vor mir – breitbeinig, ernst.

»Na, da sind Sie ja! Und? Schon ausgeschlafen?«

Ich nicke stumm, da ich – zum Schein – an meiner Kaffeetasse nippe. Von wegen »da sind Sie ja« – als ob *ich* gerade zur Tür hereingekommen wäre.

Der Alte mustert mich. »Als ich in Ihrem zarten Alter war, da habe ich ganz andere Dinge gemacht! Ich habe Kirchenblätter ausgetragen und bin erst dann zum Airport gefahren. Und Sie? Sie haben sich bestimmt nur ausgeruht und in die Sterne geguckt, nicht wahr?«

Sein »nicht wahr« klingt herausfordernd.

»Ja, natürlich«, entgegne ich, nachdem ich die Tasse auf den Tisch abgestellt habe, »ein Pilot sollte sich doch immer vor einem Flug ausruhen – oder etwa nicht?«

Feuerbaum wirft seine Aktentasche mit Wucht auf den Stuhl, der sich um seine eigene Achse dreht. Die Tasche ist prall gefüllt, was wohl Eindruck schinden soll. Dann schaut er mich an, als hätte ihm jemand ins Essen gespuckt. Meine Güte, ich kann doch auch nichts dafür, dass der alte Clark flachliegt.

»Den wahren Piloten erkennt man nur in der Krise«, sinniert er, während er zum Deckenventilator schaut, dessen Geräusch mir erst jetzt auffällt. »Erst unter Stress zeigt sich, ob eine Ausbildung wirklich etwas getaugt hat!«

Ich atme tief durch – keine Ahnung, warum er mir das jetzt sagt.

»Na, da brauche ich mir ja keine Sorgen zu machen, da Sie mich ausgebildet haben!«, kontere ich.

Feuerbaum schweigt. Offenbar hat er das vergessen. Er schlägt gerne mit irgendwelchen Phrasen um sich, um andere einzuschüchtern – etwas, was eigentlich nicht zum klassischen Bild eines Flugkapitäns gehört. Man stellt sich da immer einen souveränen, starken, in sich ruhenden, dennoch mutigen Mann vor, dessen Schläfen leicht ergraut sind und dessen Gesicht einige Falten hat. Immerhin treffen die beiden letzten Eigenschaften auf Feuerbaum zu.

Wir gehen aufs Rollfeld. Unser Baby heißt »Konrad Lorenz« und ist nach dem Vogelforscher benannt, der das Verhalten von Gänsen beobachtete. Das passt insofern gut, da wir eine deutsche Airline sind, die in Buenos Aires eine Zweigstelle eröffnet hat. Unsere Maschine ist nicht mehr die jüngste, aber sie tut ihren Dienst noch recht gut. Die Turboprop-Maschine hat bislang niemanden enttäuscht und ihre Ziele auch immer erreicht.

Turboprop bedeutet, dass das Triebwerk aus einer Kombination von Propeller und Turbine besteht. Die Turbine überträgt ihre Kraft auf den Propeller, der den Schub erzeugt, indem er Luft ansaugt. Dadurch können unter Umständen nicht nur 80 Prozent der Schallgeschwindigkeit erreicht werden, der Kraftstoffverbrauch ist zudem geringer als bei reinen Turbinentriebwerken; so etwas freut unsere Geschäftsleitung.

»Na, können Sie das Baby überhaupt fliegen?«, fragt mich Feuerbaum, als ich eine Außenklappe überprüfe.

Was für eine blöde Frage. Weiß er denn nicht, dass ich zwischenzeitlich bei einer anderen Airline gearbeitet und schon ganz andere Maschinen geflogen habe? Diesen alten Kasten kann doch jede Schwalbe steuern!

Ich schaue ihn an. »Wissen Sie was? Sie können mir ja wieder ein Ei unter den Sitz klemmen, dann wissen wir es. Möchten Sie das Ei lieber hart- oder weichgeritten? Wir können das Ei auch gerne zusammen signieren!«

Mein Ausweichmanöver kommt nicht gut an.

»In San-Pedro werde ich wissen, wie gut Sie wirklich sind!«, grunzt er und überprüft dabei eine Lampe. Dann stößt er mehrmals mit dem Fuß gegen die Reifen und macht ein verkniffenes Gesicht. Mir war schon früh klar, woher seine Falten kommen …

»Stimmt eigentlich der Luftdruck?«, knurrt der Alte.

Ein Techniker überprüft die Reifen mit dem Messgerät. Er tut dies sehr konzentriert und vermeidet so den Blickkontakt mit Feuerbaum. Jeder hier ist schon einmal mit ihm in Streit geraten.

»Luftdruck stimmt!«, entgegnet der Techniker kurz angebunden und verschwindet, als hätte man ihn gerade dringendst abberufen.

Feuerbaum winkt ab. »Die immer mit ihrer Technik! Ich vertraue lieber meiner Erfahrung und der Intuition! Das ist das Allerwichtigste, Forrest!«

Ich nicke nur. Feuerbaum geht um die Konrad Lorenz herum und lässt seinen kritischen Blick umherschweifen. Ich bleibe stehen und schaue die Maschine an – so ein schöner Vogel! Die Maschine mag alt sein, aber sie hat nichts von ihrer Eleganz verloren. Wie viele Landebahnen, Wolken sie schon gesehen hat, wie viele Strecken sie geflogen ist … wie stolz sie ist! Und so seltsam das auch klingt: Zwischen Pilot und Maschine existiert ein unsichtbares Band des gegenseitigen Vertrauens.

Der Start

Lucy, die Stewardess, empfängt uns in der Maschine und reicht die Passagierliste herüber. Eine tiefe Wärme durchdringt mich, als ich in Lucys Augen blicke … hier steht die Lady, für die ich so schwärme und für die ich mein letztes Hemd geben würde. Da fällt mir wieder die Vogelblume ein, die ich für sie besorgen wollte – verdammt, jetzt ist es zu spät. Zu allem Übel bekomme ich erstmal kein Wort heraus, so sehr schwillt der Kehlkopf an, was wahrscheinlich noch von der Gegenwart des Alten begünstigt wird.

Als Lucy seinerzeit in der Gesellschaft zu arbeiten anfing, wurde mir schnell klar, dass sie die Richtige für mich sein muss. So etwas kann man nicht erklären, das fühlt man: Ein Blick, eine Geste, ein Lachen – zumindest habe ich es so empfunden. Gerade hole ich Luft, um sie etwas zu fragen, doch sie fällt mir ins unausgesprochene Wort mit: »Möchten die Herren etwas trinken?«

Feuerbaum beantwortet ihre Frage sofort und erstickt damit meine Chance: »Einen Kaffee bitte, und für ihn hier einen Kakao.«

Lucy lächelt; sie weiß um die Marotten des Alten. Sicher wird sie mir nachher auch einen Kaffee bringen – ganz diskret, versteht sich. Und noch bevor ich etwas sagen kann, schiebt mich Feuerbaum ins Cockpit hinein.

Wir nehmen uns die Checkliste vor. Wenn man bedenkt, dass es jetzt schon ziemlich warm ist und die Temperaturen im Laufe des Tages weiter ansteigen werden, ist man dankbar, bald oben in der kühlen Luft zu sein.

»Bremsen?«

»Okay.«

»Kraftstoff?«

»Okay.«

»Zündung?«

»In Ordnung.«

»Kühlung?«

»Okay.«

»Belüftung?«

»Okay.«

»Ölstand?«

»Okay.«

»Öldruck?«

»Okay.«

»Öltemperatur?«

»Okay.«

»Höhenmesser?«

»Okay.«

»Höhen- und Seitenruder?«

»Ebenfalls okay.«

»Propellerstellung?«

»Bestens.«

Feuerbaum setzt Haken auf die Liste, unterschreibt mit einem waagerechten Strich. Diese Unterschrift spricht Bände – einfach nur ein Strich mit einer Schlaufe am Ende! So unterschreibt sonst niemand. Jeder könnte diese Signatur nachahmen!

»97 Passagiere«, brummt Feuerbaum.

»98«, verbessere ich.

Feuerbaum überprüft die Zahl. Mit hochgezogenen Brauen legt er dann die Liste weg. »War ein Test!«, knurrt er.

Natürlich, ein Test …

Nach einiger Zeit macht sich Lucy bemerkbar. »Wir können starten«, freut sie sich.

Feuerbaum dreht sich um, wartet einen Augenblick und insistiert dann: »Wir starten, wenn *ich* es sage! Oder möchten *Sie* fliegen?«

Lucy schüttelt den Kopf, während Feuerbaum sich wieder nach vorne beugt und den Wetterbericht liest. Meine Güte, sie meint doch nur, dass alle Passagiere an Bord sind!

»Gute bis mittlere Lage, Wind aus Nord-West«, fasst er zusammen. Dann murmelt er noch etwas von »Wolken« und atmet danach tief ein. »Das passt mir hier nicht«, brummt er, doch auf meine Frage, wie er das genau meint, gibt er mir keine Antwort. Stattdessen greift er zum Mikro.

»Translator an Tower – Flug 528 nach San-Pedro bittet um Starterlaubnis. Over.«

Es klickt. Dann ein Rauschen, und nach einer kurzen Pause krächzt eine männliche Stimme:

»Hier Tower, haben verstanden – Translator, Flug 528 nach San-Pedro hat Starterlaubnis – Startbahn drei. Over.«

»Na geht doch!«, brummt Feuerbaum und dreht sich nach hinten. »Lucy! *Jetzt* starten wir!«

Meine Flamme geht zu den Passagieren und nimmt nun ebenfalls ein Mikro in die Hand, während die

Gangway langsam von der Konrad Lorenz weggefahren wird und sich rumpelnde Geräusche durch den Vogel bahnen. Dann ertönt die sanfte Stimme von Lucy, die mich wie ein flauschiger Schal umwickelt: »Sehr geehrte Damen und Herren, wir heißen Sie herzlich willkommen bei Translator-Airways auf dem Flug von Buenos Aires nach San-Pedro. Wir möchten Sie nun mit unseren Sicherheitsvorkehrungen vertraut machen und bitten Sie, sich auch die Informationsblätter durchzulesen, die wir auf den Plätzen verteilt haben. Über Ihnen sehen Sie nun …«

Feuerbaum hat indes alle Hände voll zu tun. Ich soll zunächst nur die Instrumente beobachten und ihm Meldungen geben. Langsam kriecht unser Baby über den Asphalt, und obwohl wir uns wirklich noch langsam fortbewegen, spürt man schon jetzt die Kraft der Maschine, die unter unserem Hintern brummt und zittert, als könne sie es kaum erwarten, endlich in der Luft zu sein.

Es klopft an der Tür, dreimal, das Zeichen von Lucy. Feuerbaum greift das Mikro, hustet einmal und legt los: »Meine sehr verehrten Damen und Herren, hier spricht der Kapitän. Mein Name ist Carl Feuerbaum. Ich heiße Sie im Namen der Gesellschaft und der Besatzung auf der Konrad Lorenz willkommen. Zu meiner Rechten unterstützt mich Joe Forrest, der Erste Offizier. Unser Kabinenpersonal wird Ihnen, unter der Leitung von Lucy Barkow, den Flug so angenehm wie möglich machen. Wir rollen nun zur Startbahn drei und werden in Kürze nach San-Pedro starten. Das Wetter ist prächtig

und mit uns als Piloten sind Sie schon so gut wie angekommen. In diesem Sinne wünsche ich uns allen einen
schönen Tag.«

Wir stoppen. Endloses Betonband wartet darauf, befah-
ren zu werden – vor uns liegt die Startbahn drei.

»Sichtkontrolle?«

»Alles frei!«

Noch einmal Funkkontakt zum Tower. Dann ertönt
ein Signal, vier Triebwerke jaulen auf. Ein Rasseln und
Pfeifen durchdringt die Maschine, die zu leben beginnt.
Die Vibration ist stark. Vor uns zittert das Betonband,
dessen helle, gerade Markierungslinien Sicherheit und
Ordnung versprechen. Doch da sind noch andere Linien, unregelmäßige, schwarze Abriebe, die die Reifen
der landenden Maschinen im Laufe der Zeit hinterlassen
haben und die geraden Linien in eine Unruhe bringen –
Lebenslinien, könnte man meinen, Linien, die das Un-
gewisse symbolisieren.

Die Luft flimmert und verwischt die Kimm zu einer
Wasserwand. Ich streife sämtliche Kontrolllampen. Feu-
erbaum sitzt wie ein Gorilla da, die Hebel fest in der
Hand. Die Maschine brummt, jault – rollt und rollt.
Immer schneller zieht sie über den Asphalt hinweg, flieg,
Maikäfer, flieg! Die Turbinen rasseln, als würden bald
die Propeller herausschießen.

Doch es kommt nur ein Knacken, dann knistert die
Außenwand, wir rutschen nach hinten – und sind in
der Luft.

Manchmal denke ich, dass wir Menschen das Schicksal mit unseren Erfindungen herausfordern. Ich meine, wenn Gott gewollte hätte, dass wir fliegen, hätte er uns Flügel wachsen lassen. Hat er aber nicht. Dafür gab er uns jede Menge Hirn. Damit kann man zwar nicht fliegen, aber man kann damit Maschinen erfinden und bauen, die fliegen. Doch ist es nicht vermessen, sich zu erheben? Sich über Gottes Ratschluss zu stellen und ihm zu zeigen, dass man es besser zu wissen meint?

Ich habe gar keine Zeit, darüber nachzudenken. Ich muss mich auf die Elektronik konzentrieren. Blinken die Lampen richtig? Sie tun es. Gibt es abweichende Geräusche? Nein, alles in Ordnung. Wie ziehen die Wolken? Es sieht gut aus. Sonstige Vorkommnisse? Keine.

Feuerbaum kratzt sich den Hinterkopf. Anschließend reibt er sich das Kinn.

Schlecht rasiert? … will ich ihn fragen, aber ich verkneife es mir. Er überblickt die Gerätschaften, klopft ein paar Mal gegen die Anzeiger.

»Die erste Stunde fliege ich, die zweite sind Sie dran«, bekomme ich von ihm zu hören, »nachher schalten wir auf Autopilot.«

Ich sage nur »okay.«

Die Sonne durchflutet die Wolken, und unser Cockpit ist angenehm temperiert. Zufrieden brummt die Konrad Lorenz und schiebt sich stoisch durch die Luft, die sie umschlingt und streichelt, umgeben von Licht und Wolken – hier gehört sie hin! Irgendwo da draußen fliegt jetzt ein Vogel und sieht uns. Er wird uns für seinesgleichen halten.

Beim Fliegen ist alles klar und einfach. Es gibt klare Regeln, wie in der Elektrizität: Entweder es fließt Strom oder nicht. Höhenruder klar? Es ist klar. Stimmt der Öldruck? Er stimmt. Dann also Fliegen. Für einen Laien mag das alles noch ein Wunder sein: Ein Sternenmeer von Kontrolllampen, Frequenzanzeiger, dann Trimmung, Gaszufuhr, Teibstoffmixer, Treibstoffdruck, Öltemperatur, Öldruck, Flughöhe, Fluggeschwindigkeit, Abreißgeschwindigkeit, Propellerstellung – ich sage immer, die Konrad Lorenz ist mit all ihrer Technik ein Schwan, die kleinen Zweisitzer sind nur Enten.

Feuerbaum nimmt das Mikro, hustet wieder, als wolle er damit eine Ansprache einläuten: »Meine sehr verehrten Damen und Herren, hier spricht nochmal der Kapitän. Wir haben nun eine Höhe von 9.000 Fuß erreicht, das entspricht etwa zweieinhalb Kilometer. In Kürze werden wir bei guter Sicht unter uns nur noch den Atlantik sehen. Wir fliegen mit einer Geschwindigkeit von 190 Knoten. Wenn alles soweit bleibt, erreichen wir San-Pedro nach Plan. Machen Sie es sich also bequem und genießen den Flug. Danke.«

Inzwischen haben wir die Maschine auf Autopilot umgestellt. Feuerbaum geht nach hinten und bespricht etwas mit Lucy. Ich behalte im Cockpit die Technik im Auge, sehe zu, wie die Maschine von Geisterhand gesteuert wird.

Nach einer Weile kommt Feuerbaum ins Cockpit zurück. Er hat Kaffee dabei und spendiert mir sogar auch einen. Seltsam – wo er doch vorhin Kakao für mich geordert hatte.

»Danke«, sage ich, während wir uns in die Sitze lümmeln und in den Himmel schauen.

Dann meine ich, den richtigen Zeitpunkt gefunden zu haben, und noch bevor ich es mir anders überlege, schleudere ich, vom Koffein getrieben, meine lang ersehnte Frage heraus: »Sagen Sie, Käpt'n – Sie sind schon so lange im Geschäft, bilden aus und Ihnen gehört sogar zum Teil die Airline … aber warum misstrauen Sie immer Ihren ehemaligen Schülern? Sie müssten doch voller Optimismus sein, die jungen Leute motivieren – Sie aber stellen unsere Leistungen immer infrage. Warum?«

Feuerbaum blickt gedankenverloren ins Nichts, als wolle er alleine sein. Überhaupt habe ich in diesem Augenblick meine Zweifel, dass er mir eben zugehört hat. Er trinkt den nächsten Schluck Kaffee, den er fast gurgelnd hinunterpresst, wischt sich den Mund am Ärmel ab, stellt den Pappbecher in eine Fassung und stülpt den Deckel darauf. Dann dreht er sich langsam zu mir und schaut mich an.

»Forrest, das hat seinen Grund!«

Stille – nur das Motorengeräusch durchdringt den Raum …

Nach einer Weile frage ich: »Und welchen?«

Feuerbaum greift sich die Checkliste und überfliegt sie, als wolle er sich aus der Beantwortung meiner Frage stehlen. Ich lasse ihn. Soll er sich den Wisch doch einrahmen. Dann schnäuzt er sich, steckt das Tuch umständlich in die Hosentasche zurück.

Mir wird auf einmal klar, dass ich einen denkbar ungünstigen Zeitpunkt für meine Frage gewählt habe. Hier im Cockpit! Noch dazu, dass er seinen Dienstplan ändern musste. Doch für diese Einsicht ist es jetzt zu spät. Also lasse ich die Stille zu, versuche, ein Nichts von Gedanken zu genießen, und als ich nach einer Weile »Welchen?« wiederholen möchte, lehnt sich Feuerbaum zurück und beantwortet die Frage doch noch: »Ich weiß, dass ich bei manchen unbeliebt bin. Ich weiß, dass viele denken, ich hätte einen Sonderbonus, wegen meiner Beteiligung an der Airline. Aber ich weiß auch, dass eine teuflisch gute Ausbildung Männer aus Ihnen macht! Und ich weiß, dass es in Notsituationen auf die richtigen Entscheidungen ankommt. Entscheidungen, die in Sekundenschnelle gefällt werden müssen und nicht hinterfragt werden dürfen! Forrest, mit Verlaub, Sie haben zwar Ihre Prüfung bestanden und sind Pilot, und Sie haben auch einige Flugstunden woanders hinter sich – aber eine richtige Notsituation kennen Sie nur aus dem Lehrbuch oder aus einer Simulation! Haben Sie schon mal eine richtige Notlandung hingelegt? Sind Sie schon mal abgestürzt? Wissen Sie, was es bedeutet, Entscheidungen über Leben und Tod in Sekunden zu fällen? Sie wissen das nicht und können es auch nicht – wie denn auch? Wir können ja unmöglich solche Situationen in echt trainieren. Sie sind aber verdammt noch mal erst ein richtiger Pilot, wenn Sie mit dem Arsch auf Grundeis gesessen haben! Bis dahin sind Sie leider nur eine erbärmliche Marionette! Eine Fledermaus an Drahtseilen!«

Das hat gesessen. Dass er ein hartgesottener Kerl ist, wusste ich ja. Aber muss er es gleich so übertreiben? Ich überlege, ob ich darauf überhaupt etwas antworten soll.

Nach einer Weile wage ich es: »Aber das hat doch alles keinen Sinn! Misstrauen kann schließlich nur neues Misstrauen erzeugen … Sie können uns doch nicht ewig die Jugend vorwerfen! Dafür kann doch niemand etwas!«

Feuerbaum schnauft und wendet sich ab. Nachdem er seinen Blick über die Instrumente schweifen lässt, kramt er in seiner Jackentasche herum, holt ein Foto hervor und übergibt es mir ohne ein Wort. Ich schaue es lange an: eine Familie – Vater, Mutter, Tochter und Sohn. Die Datierung fehlt.

»Sind … Sie das?«, frage ich.

Feuerbaum fordert das Foto zurück. Ich gebe es ihm, der es sich gleich in seine Jackentasche schiebt.

»Ja«, brummt er mürrisch, »dieser Mann war ich!«

Ich ahne etwas, doch bevor ich meinen Gedanken weiterverfolgen kann, drängt es Feuerbaum von ganz alleine, weiterzuerzählen.

»Das Foto haben wir vor zehn Jahren gemacht. Meine Frau, meine Tochter und mein Sohn sind alle umgekommen. Ich bin der einzige Überlebende der Familie. Es ist so bitter, dass ausgerechnet der Alte überlebt und die Jungen sterben! Aber das Schicksal wollte es so. Ich muss das akzeptieren. Mein Sohn hatte Flausen im Kopf – genau wie Sie, Forrest! Und diese Flausen waren schuld an seinem Tod! Hätte er besser aufgepasst, wäre er vielleicht noch am Leben! Und wenn Sie nicht aufpassen, Forrest, dann …« Feuerbaum stockt, schaut zu den Instrumenten.

»Das müssen Sie mir erklären!«, hake ich nach.

Der Käpt'n wartet eine Weile, bis er wieder loslegt: »Mein Sohn wollte den Flugschein machen. Er konnte damit nicht warten, wollte es seinem Alten nachmachen und ihm beweisen, dass er genauso gut, wenn nicht besser ist. Nachdem er die Eignungsprüfung bestanden hatte, ging es los: Er nahm Flugstunden, büffelte wie ein Berserker, er war besessen. Die Prüfung hatte er bald bestanden – aber dann wurde er übermütig. Er flog den Vogel sehr riskant, überschätzte sich – flog einen Looping nach dem anderen … Irgendwann passierte es: Er hatte die Nacht kaum geschlafen, weil er auf einer Party gewesen war und das Wetter wurde schlecht. Er konnte nicht mehr reagieren, als eine Böe sein Flugzeug wegschob. Mitten im Gebirge … er stürzte ab. Tot!«

Ich schweige.

»Das tut mir leid«, erwidere ich, warte einen Moment und kann meine Frage dann aber nicht mehr zurückhalten: »Und … Ihre Tochter … Ihre Frau?«

Ich bekomme sofort eine Antwort: »Das war ein anderer Flug. Wir waren Passagiere. Dann passierte etwas, was man in einem schlechten Film sieht: Die Crew hatte plötzlich eine Lebensmittelvergiftung, ein anderer musste ins Cockpit – also ich!«

»Und?«

Feuerbaum schweigt wieder. Dann aber schreit er es an die Scheibe, die sich daraufhin vernebelt: »Es war beschissen! Jemand muss an der Maschine herumgefummelt haben! Gottverdammt noch mal! Was habe ich nicht alles versucht! Wir mussten eine Notlandung machen! Und dann ist es passiert!«

In diesem Augenblick kratzt er sich am Bein, was ich schon oft bei ihm beobachtet habe und bislang für eine Marotte hielt. Feuerbaum bemerkt meine Aufmerksamkeit, deshalb zieht er sich demonstrativ das Hosenbein hoch und zeigt mir seine Narbe, die sich wie ein erstarrter Fluss durch die Haut pflügt.

»Mir tut noch heute das Bein weh, aber ich muss glücklich sein, verstehen Sie? Dankbar sogar: Ich habe überlebt! Die Passagiere waren entweder schwer verletzt oder tot. Meine Familie gehörte zu der letzten Gruppe. Ich konnte nichts mehr für sie tun. Seitdem lebe ich allein!«

In diesem Moment bin ich froh, dass eine Funkmeldung kommt. Die aktuelle Wetterlage wird uns übermittelt. Man wünscht uns einen guten Flug. Ich versinke im Sitz, als müsste ich die ganze Last alleine tragen. Die Last des Flugzeugs und die von Feuerbaum. Mir tut das alles leid. Nichts davon ahnte ich, nichts davon hat er uns jemals erzählt. Soll ich jetzt etwas dazu sagen oder besser schweigen?

»Das war Zufall«, quetsche ich dann aus mir heraus. »Ihr Sohn hätte vielleicht länger schlafen sollen, aber ... er hatte eben auch Pech! Und die Sache mit der Notlandung ... wenn die Maschine manipuliert war, gab es doch gar keine Chance! Sie ... Sie haben da ... keine Schuld!«

Wie gerne würde ich jetzt sein Gedankenkarussell anhalten. Feuerbaum sagt nichts, stoisch, vielleicht sogar blind vor Wut arbeitet er die Kontrolllampen ab, blickt zum Himmel, der ihn zu halten scheint. Mir wird klar: Dieser Mann bildet junge Piloten aus, um seine eigene Vergangenheit auszubügeln. Er möchte seine Fehler, seine Schicksalsschläge wieder ausgleichen, indem er aus jungen Männern kampferprobte Piloten macht. Wahrscheinlich sieht er sich selbst sogar in uns und glaubt, dass wir seine Last später abtragen würden.

Ich atme tief durch, als müssten wir die letzten Luftreserven in unseren Lungen konservieren.

Ich schaue ihn an. Obgleich er so aussieht, als könne er sich mit einem Bären anlegen, ist er doch im Kern so zart wie das rohe Ei, das er uns damals ins Cockpit geschmuggelt hat. Und jetzt, hier im Cockpit, über dem Atlantik, während eines Fluges nach San-Pedro, gewährt er mir Einblick in seine Welt.

»Mr. Feuerbaum, ich kann die Dinge nicht ungeschehen machen. Sie können genau wie ich keine Toten zum Leben erwecken, aber wenn Sie sich so weiterquälen, hat Ihr Überleben keinen Sinn gehabt! Das Schicksal hat Ihnen eine Lebensaufgabe gegeben, und so etwas muss man *positiv* angehen.«

Feuerbaum schweigt. Er greift in seine Jacke, schält sich einen Bonbon heraus und zerbeisst ihn. Zur Ablenkung konzentriere ich mich ganz auf die Technik. Sie hat etwas Beruhigendes, alles ist geregelt, geschieht von selbst.

Aber das Leben ist eben doch anders. Da gibt es Böen, Tiefschläge und Überraschungen, die niemand einkalkuliert hat. Alles ist verzweigt wie das Geäst eines Baums. Der, der sein Leben meistert, ist der eigentliche

Pilot. Er fliegt die Strecke seines eigenen Lebens. Piloten, die nur *Maschinen* fliegen, sind die Marionetten. Es ist genau andersherum, als es Feuerbaum vorhin gesagt hat. Und er ist die größte Marionette, deren Fäden irgendjemand in der Hand hält, nur nicht er selbst.

Flug 528

Die Flugwache meldet sich mit einem Funkspruch. Man warnt uns vor einer Gewitterfront. Der Wind hat die schon heute früh angekündigten Wolken auf unsere Fluglinie geschoben, und man empfiehlt uns, weiter östlich zu fliegen.

Feuerbaum brummt. Ihm passt das gar nicht. Er möchte geradeaus fliegen und fertig. Er mag keine Umwege. Aber da er die Verantwortung für die Maschine und vor allem für die Passagiere trägt, muss er sich auf die neue Situation einstellen.

»Kurs auf Nordost!«, kommandiert er, sogleich richten wir die Maschine darauf ein. Sanft schwenkt der Vogel in seine neue Richtung. Es ist nur eine winzige Änderung, aber über die Entfernung gerechnet wirkt sie sich aus.

»Wir sollten die Passagiere informieren!«, sage ich.

»Das machen wir später, vielleicht ist es gar nicht so schlimm.«

»Aber wir werden wegen des Umwegs etwa eine halbe Stunde länger unterwegs sein.«

»Dann fliegen wir eben schneller.«

Ich schaue mir die Karte an. Mit Bleistift zeichne ich unseren neuen Kurs und die gemeldeten Turbulenzen ein. Dann überprüfe ich die Daten und rechne. Mir wird mulmig. Wenn meine Einschätzung stimmt, wird uns das Unwetter eventuell sogar streifen, wenn es weiter so dreht. Dann müssen wir nicht nur noch schneller fliegen, sondern auch abermals einen Kurswechsel vollziehen, was uns erst recht vom Ziel abbringt.

Ich überschaue die Treibstoffanzeigen. Vom Verbrauch her liegen wir gut im Rennen und haben noch genügend Reserven. Umwege kalkulieren wir ja immer mit ein. Nur, welchen Umfang diese Umwege haben werden, weiß vorher kein Mensch; nicht einmal Feuerbaum.

Lucy klopft. Nach Feuerbaums »Herein« öffnet sie die Tür.

»Was ist los? Haben wir den Kurs geändert?«

»Kluges Mädchen«, freut sich Feuerbaum, »wir haben eine Wetterwarnung erhalten. Aber wir sind ja keine Waschlappen. Wir umfliegen den Brei, dann geht es wieder auf den alten Kurs zurück. Und wir fliegen schneller, ist alles halb so wild.«

Lucy schaut mich an – ich nicke nur.

»Also keine Infos an die Passagiere«, vermutet sie.

»Machen wir später, wenn wir Genaueres wissen«, knurrt Feuerbaum, der sich plötzlich das Familienfoto aus der Jacke holt und es an die Frontscheibe des Cockpits klemmt.

Ich starre das Foto an … warum gerade jetzt dieses Bild? Meinethalben kann er sich das Foto einer barbusigen Frau an die Scheibe heften oder die letzte Urlaubskarte aus Tirol – aber ausgerechnet das Foto seiner verunglückten Familie? Jetzt nach der Wetterwarnung?

Lucy und ich schauen uns fragend an, dann schließt sie auf meine Geste hin die Tür.

Ich schaue in den Himmel, der zur Zeit noch einigermaßen aussieht. Noch einmal überprüfe ich meine Berechnungen. Soll ich Feuerbaum wirklich fragen?

Vielleicht hat er es ja sogar darauf abgesehen … ich lege meine Notizen beiseite und riskiere es: »Warum heften Sie ausgerechnet jetzt dieses Foto ans Fenster? Meinen Sie, dass uns Ihre Familie aus dem Jenseits beschützt? Oder wollen Sie damit etwa andeuten, dass wir ihnen heute noch ins Jenseits folgen?«

In diesem Augenblick wird mir die Brisanz meiner letzten Frage klar, obwohl ich sie eher im Scherz geäußert habe. Erwartungsgemäß bekomme ich auch keine Antwort. Es ist fast so, als antwortet die Maschine für ihn – das Motorengeräusch hinterlässt einen merkwürdigen Ton, der sinnbildlich für die arbeitenden Zahnräder des Gehirns des neben mir sitzenden Kapitäns steht. Feuerbaum denkt nach – aber er ignoriert mich.

Sein Schweigen nicht ertragend entschuldige ich mich: »Sorry, ich … ich nehme das zuletzt Gesagte zurück. War blöd von mir.«

Feuerbaum rutscht im Sitz hin und her, ich deute es als Nervosität. Grimmig blickt er aus dem Fenster, mustert wie ich die Technik. »Machen Sie sich mal um Ihren Arsch keine Sorgen!«, brummt er.

Was für eine Antwort! Wie bitteschön soll ich meinen Allerwertesten retten, wenn wir im selben Flugzeug sitzen?

Tatsächlich kommt von der Flugwache bald eine zweite Meldung. Die Wolkenfront schiebt sich immer mehr zu uns hin, sodass ein neuer Kurs eingeschlagen werden muss.

»Wir können doch unmöglich noch eine Kurve ziehen!«, schimpft Feuerbaum.

Ja, und warum nicht?

Ich zeichne inzwischen die neue Lage in die Karte ein. Nach dem, was uns gerade durchgegeben wurde, wird es noch weitere Kursänderungen geben. Wieder ein Blick auf die Treibstoffanzeigen: Ein kompletter Rückweg müsste noch möglich sein.

»Wir sollten besser umkehren«, schlage ich vor.

Feuerbaum schüttelt den Kopf. »Wir streifen den Herd! Und jetzt ist auch der Zeitpunkt für eine Durchsage gekommen.«

Feuerbaum dreht die Konrad Lorenz mehr nach Norden, greift das Mikro und kündigt seine Ansage wieder mit Räuspern an: »Meine sehr verehrten Damen und Herren, hier spricht der Kapitän. Wir haben leider eine Wetterwarnung erhalten und müssen eine Wolkenfront umfliegen. Es wird daher zu einer kleinen Zeitverzögerung kommen. Wir geben Ihnen aber sofort Bescheid, sobald wir die Lage näher überschauen. Vielen Dank für Ihr Verständnis.«

Nach einer Weile kommt Lucy wieder ins Cockpit. »Nun also doch ein größerer Umweg?«

Ich nicke. Feuerbaum lässt seinen Kopf ebenfalls hoch- und runterwippen, allerdings in einer schwerfälligen Art, als würde ihm ein großer Stein im Nacken stecken. Ihm gefällt das alles nicht.

»Was spricht gegen eine Umkehr?«, frage ich ihn.

»Was ich in San-Pedro vorhabe, tut hier nichts zur Sache«, erwidert er, »aber falls Sie es noch nicht wissen sollten: Wir haben nicht nur Koffer geladen, sondern auch kistenweise Medizin! Und die muss schnellstens ins Krankenhaus! Wenn wir einen zu großen Umweg fliegen oder sogar umkehren, kommt die Medizin zu spät! Die warten auf uns! Der nächste Flug nach San-Pedro geht erst in drei Tagen – und was das bedeutet, können Sie sich ja denken.«

Er meint die Epidemie, die an der Elfenbeinküste ausgebrochen ist. Das Land ist arm und braucht Hilfe, ohne Medikamente geht es nicht. Die Zeit drängt. Die Kisten müssen kurz vor unserem Abflug aufgeladen worden sein, wahrscheinlich wurde umdisponiert. Als ich vorhin im Sekretariat auf den Käpt'n wartete, telefonierte man ja auch deswegen. Diesmal bin ich es, der schweigt – und dessen Zahnrädchen vom Motorengeräusch versinnbildlicht werden. Ich betrachte noch mal die Karte. Die Wetterwarnung ist mit »hoch bis sehr hoch« eingestuft worden und so wie es aussieht, werden wir bald auf die Wolken treffen, die sich laut Berechnung mit einem Affenzahn auf uns zubewegen. Also noch eine Kursänderung … oder eine Umkehr … aber wie ich es auch drehe und wende, Feuerbaum hat das Kommando – ich bin nur der Erste Offizier.

Eine Viertelstunde später wird der Flug in der Tat ruppig. Die Maschine zittert und die Sicht wird zunehmend schlechter. Feuerbaum bleibt ruhig, zumindest nach außen hin. Er sitzt da und gafft nach vorne. Schaue ich aber genauer hin, sehe ich, wie er seine Kieferknochen aneinanderpresst, so als müsse er Nüsse zermalmen. Kurze Zeit flackert eine Lampe, was sein Profil noch gespenstischer aussehen lässt.

»Ich bin für eine Umkehr«, sage ich, »trotz der Medikamente. Wir können uns nicht auf Kosten unserer Passagiere durchs Unwetter zwängen. Genau das hatten Sie uns doch damals auch für so eine Situation beigebracht!«

Ich denke, dass Feuerbaum jetzt entweder schweigen oder explodieren wird. Wenn er explodiert, muss die Lage noch ganz gut sein, dann haben wir noch Zeit. Wenn er aber schweigt, wirds gefährlich, dann gibt es keine Zeit für Diskussionen.

Feuerbaum schweigt. Er überfliegt die Kontrolllampen, die Anzeiger und starrt in den Himmel.

Dann ein Beben. Die Maschine wird hoch- und runtergeschleudert, was sie mit starkem Geächze und metallischen Geräuschen quittiert. Vor uns ist dunkelgraue Sicht, die Kompassnadel zittert. Feuerbaum reagiert sofort: Er fängt die Maschine auf und bringt sie in ihre Ursprungslage zurück. Sofort überschaue ich die Anzeiger: Die Werte pendeln sich wieder ein, was ich dem Käpt'n gleich mitteile. Feuerbaum nickt zufrieden, wischt sich übers Gesicht.

Aber es dauert nicht lange, bis die Maschine wieder geschüttelt wird. Wir sinken 400 Fuß! Von hinten hören wir es kreischen; es hört sich wie auf einem Rummelplatz an. Mein Kopf glüht und ich spüre eine Leere. Fest pressen sich die Sicherheitsgurte ein, Atmen scheint unmöglich.

»Gegenruder!«, kommandiert der Käpt'n. Mit aller Kraft stemmen wir uns dagegen. Die Motoren jaulen, als würden sie uns warnen. »Gegenruder!! Mehr!!«

Endlich – die Maschine richtet sich behäbig auf. Wir fliegen wieder horizontal, aber sie zittert noch, so als würde sie frieren …

»Na also, geht doch!«, freut sich der Alte. »Ein bisschen

durchschütteln schadet nichts. Ist gut für die Verdauung!«

Scherzbold. Ich bin sicher, dass man hinten schon in die Brechtüten reihert!

Die nächsten Minuten vergehen ruhiger, obwohl die Maschine noch immer etwas vibriert. Die dunklen Wolken versprechen weitere Turbulenzen. Ich überprüfe die Sicherheitsgurte, hebe zwei Stifte auf, die zu Boden gefallen sind und unter einem Pedal klemmen. Ein Blick auf die Instrumente – alles okay.

Plötzlich erfasst uns wieder eine Böe und drückt uns zur Seite. Wie weit, kann ich nicht sagen, weil mir etwas Hartes auf den Kopf fällt. Das sich anschließende Schütteln nimmt mir für einen Moment die Orientierung. Feuerbaum greift das Mikro: »Meine Damen und Herren, hier spricht der Kapitän. Bitte bleiben Sie ruhig, wir haben es hier mit einem schlecht gelaunten Wetter zu tun. Bleiben Sie angeschnallt und halten gegebenenfalls die Brechtüten bereit. Es wird nicht lange dauern. Unser Personal kümmert sich um Sie. Vielen Dank!«

Nach kurzer Zeit wird der Himmel tiefschwarz. Ein riesiger Teerteppich hat sich ausgebreitet und scheint uns verschlingen zu wollen. Regentropfen verteilen sich auf der Cockpitscheibe, die vom Wind plattgedrückt werden und in alle Richtungen verlaufen. Dann flackert rechts ein riesiges Licht auf. Wie weit der Blitz entfernt ist, lässt sich nicht sagen, aber er tut in den Augen weh. Selbst mit geschlossenen Lidern sehe ich ihn noch.

»Warum verdammt noch mal kehren wir nicht doch um?!«

Der Alte hustet nur, als wolle er meine Worte gleich

wieder ausspucken. Dann stemmt er sich gegen die Steuerung, da die Konrad Lorenz wieder abdriftet.

»Dafür ist es zu spät! Wenn wir umkehren, fliegen wir mit dem Wetter mit! So aber schießen wir durch, das geht schneller! Man muss flexibel reagieren, haben Sie das vergessen? … So viel dazu, was ich Ihnen mal beigebracht habe …!«

Die Flugwache meldet sich. Ich bestätige unsere Position, Feuerbaum beschreibt die Situation mit »bisschen uneben, sonst mittlere Lage!«.

Bisschen uneben …

Es folgt ein heftiger Wortwechsel. Die Flugwache empfiehlt, jetzt mehr westlich zu fliegen.

Feuerbaum gibt zurück, dass die Maschine kaum gesteuert, geschweige denn geradeaus geflogen werden kann. Er will einfach nur schnell durch, das wäre das Beste. Ich überlege, ob ich mich einschalte, lasse es aber. Dann will er wissen, wie es hinter dem Unwetter aussieht. Wir bekommen ein »Durchwachsen« zur Antwort, danach würde es aber einen Tick besser werden. Man wünscht uns viel Glück. Feuerbaum brüllt »Over«.

»Die Trimmung stimmt nicht!«, rufe ich Feuerbaum zu. Er überfliegt die Anzeiger. Dann legt er die entsprechenden Hebel um; jeder Handgriff sitzt. Aber wir fliegen noch immer schräg. Sofort drücke ich weitere Hebel und Schalter, mehr geht nun wirklich nicht.

»Stimmt die Propellerstellung?«, fragt er mich. Ich überprüfe sie.

»Jetzt lernen Sie noch was, Forrest! Das bringt Ihnen keine Schule bei!«

Ich nicke stumm. Was sollte ich auch antworten? Die ganze Maschine bebt, jeder Hebel zittert in den Händen, scheint wie Mörtel zu zerkrümeln.

Just in diesem Augenblick katapultiert uns eine enorme Kraft nach oben. Mein Hintern gräbt sich in den Sitz. Dann sacken wir herunter, während sich die Gurte an den Körper pressen. Die Kräfte addieren sich in meinem Magen. Meine Augäpfel fühlen sich an, als wollten sie herausspringen. Doch wer das nicht aushält, darf kein Pilot sein.

Plötzlich flackern wieder die Lampen, etwas scheppert. Noch einmal blitzt es auswärts, diesmal heller. In meiner Lunge bläht sich etwas auf – und es folgt ein berstender Knall.

Ich werde aus dem Sitz geschleudert, schlage mit dem Kopf gegen die Decke – es tut höllisch weh. Die Kopfhörer reißen ab. Gleißend hell ist es im Cockpit, als wäre ein Meteorit ins Flugzeug geprescht und hätte uns aufgerissen. Auf meiner Schulter glüht etwas, Plastikbezüge schmoren – es riecht nach verbranntem Gummi. Mein Kopf fühlt sich gespalten an, die Hände taub. Ein Sog reißt mir die Arme vom Körper, die mir nicht mehr gehorchen. Ich falle. Der Lärm ist unerträglich. Zischen – Nebel – Rauschen – nichts als Luft.

Ich … bin … draußen …

Das Flugzeug entfernt sich, brennt, zerbricht in zwei Teile, spuckt die Passagiere aus. Sie purzeln durch die Luft, rudern mit den Armen. Ich will sie greifen, halten! Ihr Geschrei entfernt sich – verstummt. Kleine Punkte fliegen durch den Himmel, verschwinden. Überall zerrt es an mir. Der Atem presst sich aus der Lunge. Mein

Körper verbiegt sich, ein starker Hieb rammt meinen Bauch. Wie ein Pfeil verschwindet die Maschine in den Wolken. Dann ein dumpfes Donnern. Ein Peitschenhieb schlägt mir ins Gesicht. Dann ist alles ganz weit weg.

Und schwarz.

Tiefschwarz.

Allein

Alles ist still.

Kein Geräusch, kein Luftzug.

Wie in Watte gebauscht harre ich auf irgendwas.

Nichts existiert.

Eine halbe Ewigkeit später ist es genauso. Stille umklammert mich, Ahnungslosigkeit krallt sich in mir fest. Ich sehe Ringe, die sich aufeinander zubewegen, sich überschneiden, sich wieder trennen. Ich bin unfähig, etwas zu denken.

Ich habe keinen blassen Schimmer, wo ich bin.

Wer ich bin.

Was ich bin.

Wie ich bin.

Warum ich bin.

Ob ich bin.

Sanfter Wind streift meinen Kopf, kühlt ihn. Nur mit größter Anstrengung bekomme ich die Augen einen Spalt auf. Ein tiefer Schmerz durchsticht sie.

Das war es jetzt.

Feuerbaum … Gegenruder – mehr!! …

Ich höre ein Röcheln, leise und dumpf. Kommt es von mir?

Wasser gurgelt aus mir heraus, verteilt sich, glänzt, schwappt zur Seite – auf eine Ebene.

Etwas knarrt und schwankt, gluckert, glitzert – ganz

langsam wird mir klar, dass ich auf einer harten Fläche liege. Im Meer. Allein.

Ich versuche, meine Hände zu bewegen. Es gelingt mir nur, weil ich mich stark darauf konzentriere. Ob das auch mit den Armen funktioniert? Ich schaffe es nur unter Schmerzen, sie vielleicht um einen Zentimeter zu bewegen – es kostet enorme Kraft, als würde mich jemand festhalten.

Immerhin erkenne ich, dass die Fläche wellig ist und Buchstaben hat.

Buchstaben?

Ich versuche, mich hochzurobben. Es braucht viele Anläufe und klappt erst nach einer gefühlten Stunde. Vielleicht habe ich zehn Zentimeter geschafft? Vorsichtig schaue ich mich um … und erkenne etwas mehr: Die Metallfläche ist sehr groß, hat einen Griff. Ich bündele sämtliche Kräfte zusammen und versuche, meine Hand nach ihm auszustrecken. Dabei spült eine Fuhre Wasser herüber und lässt mich für kurze Zeit erblinden. An einem Gurt finde ich Halt.

Eine Metallfläche also, mit Buchstaben, ein Griff und ein Gurt. Und das Meer. Überall nur Meer. So sehr ich mich darüber freuen möchte, noch am Leben zu sein – ich kann es nicht!

Ich habe keine Kraft, irgendetwas zu empfinden. Selbst Hunger ist mir fremd. Nur liegen kann ich – und schlafen.

Als ich erwache, friere ich, als wäre ich gänzlich unbekleidet. Die Dunkelheit nimmt mir jede Sicht, sodass ich glaube, tatsächlich erblindet zu sein.

Ich versuche, mich selbst zu umarmen, reibe die freie Hand über meinen Körper. Wirklich wärmer wird mir dadurch nicht. Unter mir blubbert es und das Schwanken ermahnt mich, den Gurt fester zu umfassen. Obwohl ich kein Vertrauen in mich selbst habe, scheint es mir zu gelingen, ihn zu packen. Das raue Material des Gurts beruhigt mich. Ein leichter Zug entfaltet sich in meiner rechten Hand. Ich straffe den Gurt so gut ich kann, als wollte ich einen Hund festhalten. Was gäbe ich dafür, wenn ich jetzt tatsächlich einen Hund bei mir hätte.

Die Punkte am Himmel deute ich als Sterne – ich bin also doch nicht erblindet. Dort oben ist es viel kälter als hier unten, dort oben gibt es keinen Sauerstoff. Aber hier unten gibt es Leben, und das bedeutet Chance, und das wiederum bedeutet Hoffnung!

Ich taste nach dem Gurt und folge seinem Verlauf. Es könnte mein Sicherheitsgurt aus dem Cockpit sein. Mit einiger Kraft knote ich ihn fester um den Griff. Dann schaue ich zum Himmel, dessen Sterne sanftes Licht auf die Metallfläche strahlen, sie fast sogar lieblich erscheinen lassen.

Ich kann nicht sagen, wie viel Zeit seit dem Absturz vergangen ist. Ich kann auch nicht sagen, ob das hier alles tatsächlich existiert. Die Unwirklichkeit, das Nichts umschließt mich wie ein Vorhang. Erst langsam fällt mir auf, dass es taghell ist, und in diesem Zusammenhang fällt mir meine Armbanduhr ein.

Aber der Mut, nach ihr zu schauen, fehlt mir – was, wenn sie nicht mehr da ist? Existiere ich dann auch nicht mehr? Ich spüre sie nicht mehr – und als ich dann doch meinen Kopf zum Handgelenk drehe, sehe ich, dass sie tatsächlich weg ist.

Wie lange kann ich auf diesem Metallteil überleben? Was soll ich essen? Es gibt so viel Wasser um mich herum, aber es ist nicht brauchbar!

Doch meine Gedanken werden jäh von Schmerzen unterbrochen, die sich wie Maschinengewehrkugeln durch den Körper fressen. Zum ersten Mal freue ich mich sogar darüber, was mich irritiert. Schmerzen bedeuten immerhin, am Leben zu sein!

Ich winde mich wie ein Fisch, der Schlägen ausweichen will. Ich möchte die Schmerzen wegschreien, aber die Schreie verstummen bereits im Kehlkopf.

Seltsamerweise habe ich keinen Hunger. Ich vermute, dass mein Körper einfach keine Kraft dafür hat. Der Absturz scheint mich ohnehin in den Schockzustand versetzt zu haben – aber wenn das so ist, dürfte ich auch keine Schmerzen haben. Bilde ich mir die vielleicht nur ein?

Doch der sich aufdrängende Durst bringt mich in die Wirklichkeit zurück. Damit mein Gaumen nicht gänzlich austrocknet, atme ich durch die Nase, schaufele mit der Zunge Speichel zusammen, horte ihn, bis sich eine größere Menge gebildet hat. Trinken aus eigener Reserve!

Nach einiger Zeit verdunkelt sich die Kimm. Aber ich versuche, sämtliche Gefühle zu ignorieren, mich nur auf das Jetzt zu konzentrieren. Sitzt der Gurt richtig? Ja.

Kann ich mich irgendwo festklemmen? Vielleicht. Also warte ich.

Tatsächlich fängt die Metallfläche zu schwanken an. Ich bin auf alles gefasst, wenn ich Glück habe, lebe ich vielleicht noch eine Stunde.

Kurze Zeit darauf sehe ich die Kimm nicht mehr, weil ich im Wellental liege, just trägt mich das Wasser wieder hoch und präsentiert mich dem Himmel. Ich hocke mich hin, gerade so, dass ich mich am Griff noch festhalten kann, dann klatschen mir dicke Regentropfen ins Gesicht. Es regnet! Was für ein Glück!

Ich öffne den Mund, forme meine linke Hand zu einer Schaufel, lecke sogar meinen Körper ab – Trinken! Trinken!

Am nächsten Tag ist die See so ruhig wie ein Tisch. Mir scheint, dass das ganze Meer erstarrt ist und mich festhält, als wolle es mich nicht mehr loslassen. Vielleicht bin ich für das Meer inzwischen so etwas wie ein Freund geworden, jemand, der ihm Gesellschaft leistet? Immer nur Fische, das ist doch langweilig. Jetzt schwimmt da ein Mensch auf einer Fläche – das ist doch mal was.

Aber wenn das Meer stillsteht, nützt mir das nichts. Inzwischen bin ich schon so weit, dass ich lieber im Kreis fahren würde als auf dem Fleck zu verharren. Die Endlosigkeit wird noch endloser, wenn man nicht weiterkommt. Ich weiß, dass das Selbstbetrug ist, aber das wäre zumindest besser als nichts.

Wieder am nächsten Tag brennt mein Gesicht, als würden sich Heerscharen von Ameisen darin festbeißen. Sicher wird das an der Sonne und am Salzwasser liegen; wenn ich das nächste Mal abstürze, nehme ich Sonnencreme mit.

Ich lasse mich treiben und versuche, an nichts zu denken. Aber kann man bewusst an nichts denken? Ich betrachte die Wolken, die sich zu Bäumen, Lokomotiven, Brücken und Schlössern verändern ... und Haie!

Verdammte Scheiße, Haie!!

Sie sind real! Sie rasen tatsächlich mit aufgerichteten Rückenflossen an mir vorbei!

Die Angst kriecht mir in die Knochen, breitet sich im Magen aus und krallt sich fest – Haie!

Ich versuche, ruhig zu bleiben – *noch* bin ich auf der Metallfläche! Ich überprüfe den Gurt ... jetzt bloß keine Kurzschlusshandlungen! Hocke ich in der Mitte? Wo ist der Schwerpunkt?

Es heißt, Haie greifen Menschen selten an, nur ein kleiner Anteil davon verlaufe tödlich – vielleicht zehn Prozent. Also schön, ich stehe nicht auf ihrer Speisekarte ... aber was, wenn ich zu diesen zehn Prozent gehöre?

Plötzlich ruckt die Metallfläche unter mir, ich spüre meinen Herzschlag bis in den Schädel. Flach hingehockt halte ich mich fest; mehr kann ich ohnehin nicht tun. Dann wieder ein Ruck, das ganze Metallfloß zittert, wird vorne mit Gischt überspült, die mir die Sicht nimmt. Vorsichtig drehe ich mich um und erblicke das Ende meiner Metallfläche – gottlob ist sie noch unversehrt.

Als ich mich abermals umblicke, sehe ich statt zwei nur noch eine Rückenflosse. Das bedeutet, dass der andere Hai tiefer getaucht ist, um mich umzustoßen!

Nicht lange, und die Metallfläche erhebt sich tatsächlich, klatscht wieder ins Wasser zurück. Scheiße verdammte! Da will es einer ganz genau wissen!

Mir wird klar, dass die anderen, Feuerbaum, Lucy und die Passagiere, ebenfalls von Haien aufgefressen worden sein müssen – ich bekam nur Aufschub! Aber wofür? Ich fange zu beten an, bitte darum, dass es doch recht schnell gehen möge … gibt es noch etwas, was ich der Welt zu sagen habe?

Ein weiterer Stoß rammt die Platte, Augen und Zähne meines Peinigers sind deutlich zu erkennen. Fressgier ist in seinen Glupschaugen abzulesen: Endlich was zu essen!

Dann beißt sich ein Hai an der Metallfläche fest, zerrt an ihr, weshalb ich ins Wanken gerate.

Am liebsten möchte ich dem Vieh zurufen, dass ich ganz furchtbar schmecke! Dass ich tagelang nichts gegessen habe und stinke! »Meine Stresshormone haben mein Fleisch vergiftet, ist das klar?!«

Wieder ein Stoß, diesmal von der anderen Seite – längst sind wieder beide Haie im Spiel.

Ich hoffe, dass es vielleicht nur junge Haie sind, die ihre Neugierde befriedigen, die nur spielen wollen. Zu allem Übel bemerke ich, dass sich der Gurt an seinen Rändern aufdröselt – nicht auch noch das!

Es sind nur drei Worte, die ich in meiner Verzweiflung immer wiederhole, langsam und deutlich … immer und immer wieder: »Herr, bleib hier!«

Nach einiger Zeit haben die Haie tatsächlich das Interesse an mir verloren. Ich kann es mir nur mit einem Wunder erklären. Es dauert jedoch nicht lange, und die nächste

Prüfung kommt auf mich zu: Wieder verdunkelt sich der Himmel und der Wind frischt auf. Bald ist die bislang noch ruhige See zu einer aufgeriebenen Fläche geworden, und so überprüfe ich abermals den Gurt und mache mich auf den nächsten Sturm gefasst. Manchmal möchte ich einfach nur den Schalter berühren, der diesen Traum auslöscht! Eine Welle trägt mich etwa einen halben Meter hoch, die nächste ist noch höher. Kaum habe ich den Gipfel erreicht, sinke ich wieder hinunter, um daraufhin wieder emporgehoben zu werden. Das Meer ist tiefgrau, fast schwarz. Ich klammere mich fest so gut ich kann und lasse das alles über mich ergehen. Stoisch wie ein Esel, den man vor einen Karren gespannt hat und der das alles, ohne zu hinterfragen, erträgt. Wieder eine Welle, wieder bin ich auf dem Gipfel, versinke abermals, bis das Meer noch tiefere Gräben zieht. Als ich dann von der nächsten Welle hinabgleite, versinkt doch tatsächlich die Vorderfront meiner Metallfläche im Meer, und für einen Moment glaube ich, mit diesem Ding jetzt endgültig hinabzugleiten und für immer zu verschwinden. Aber das Wasser trägt mich, spielt mit mir, lässt eine Fuhre Salzwasser herüberschwappen. Dann überfährt mich eine zweite Wasserladung, die sich ihren Weg bis in die Speiseröhre bahnt. Die nächste Welle wühlt sich noch tiefer in mich hinein, sodass ich keine Luft bekomme. Ein Hustenanfall stößt die letzten Luftreserven heraus. Stufenweise ringe ich der Luft ein paar Züge ab, versuche, mein Zwerchfell zu überlisten. Zum Teufel noch mal!

Es … muss … ein … Ende … haben …

Es … muss …

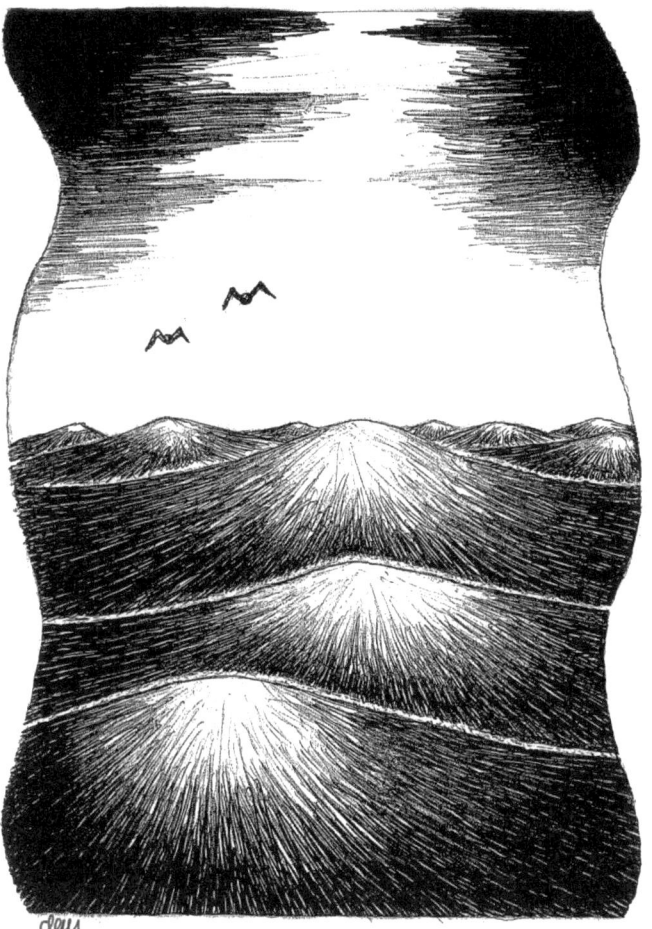

2. Teil

Haaa-Famm …

Alles ist still.

Kein Geräusch, kein Luftzug.

Wie in Watte gebauscht harre ich aus, warte auf irgendwas.

Eine halbe Ewigkeit später ist es genauso. Ich bin unfähig, etwas zu denken. Fällt mir ein Wort ein, kann ich es nicht aussprechen – alles verliert sich, ergibt keinen Sinn. Mein Kopf ist gelähmt. Mein Körper ist gelähmt. Die ganze Welt ist gelähmt.

Erst nach einer Weile regt sich etwas in mir. Tausend Begriffe tanzen vor meiner Nase herum, gleich einem Mückenschwarm, der mich stechen will. Ich will die Begriffe einfangen. Ich will sie besitzen. Ich will Worte bilden … aber mein Kopf ist so schwer wie der Rest meines Körpers. Ich weiß nicht mal, ob ich atme. Aber dass ich irgendwie noch lebe, sagt mir meine innere Stimme.

Ein Luftzug nestelt an meiner Nase, kitzelt mich. Die Luft scheint sich verändert zu haben, Intervalle wechseln sich ab, fließen über meinen Körper. Hitze umgibt mich, dann ein kühler Schatten. Dem sich aufdrängenden Gestank weiche ich reflexartig aus, drehe meinen Kopf zur Seite – und da wird mir klar, dass ich gar nicht gelähmt bin … Erstaunt drehe ich den Kopf in die andere Richtung, vergewissere mich, ob ich es richtig deute …

… und schließe die Augen.
… rette mich in die selbst erschaffene Dunkelheit.
Eine Halluzination!
Zwei Augen …

Ein Mann steht auf und springt zur Seite, als hätte er sich vor mir erschreckt. Er lehnt sich an eine Palme, an der meine … Metallfläche … gebunden ist! Ich bin an Land! Wie ist das passiert? Und wann?

Vorsichtig schaue ich mich um, nehme alles in Zeitlupe war – und sehe noch mehr Leute. Sie scheinen weiter weg zu stehen, als befänden sie sich hinter einer Glaswand … und ich stelle fest, dass meine Bewegungsunfähigkeit aus einer Ganzkörperfesselung resultiert! – Von wegen gelähmt! Unzählige Seile sind um meinen Körper gebunden, fixieren mich, werden von Pflöcken stramm am Boden gehalten.

Das muss ein Albtraum sein …

Ich wage einen Blick zu dem Mann, der sich mit verschränkten Armen an die Palme lehnt und so aussieht, als bewache er die Metallfläche. Verdammt noch mal, was soll sie da und warum bin ich gefesselt?!

Ich schaue zum Himmel, den ich frage, was das zu

bedeuten hat. Die Antwort ist ein Nichts von Licht und Wind. Immerhin ist mir klar, dass ich nicht willkommen bin … Gäste fesselt man im Allgemeinen nicht.

Meine Zunge klebt am Gaumen und brennt, als hätte man ein Messer hineingerammt. Sachte hebe ich meinen Kopf und drehe ihn in Richtung Palmen-Mann, versuche, den Wunsch nach Wasser zu äußern. Weil ich nicht verstanden werde, imitiere ich ein Röcheln. »Durst! Trinken!«, füge ich noch hinzu und führe meine Zunge über die ausgetrockneten Lippen. Teilnahmslos schaut man mich an, bis ein Typ langsam aufsteht und ängstlich weggeht.

Hier an Land wird mir der Umfang der Metallfläche erst richtig klar – ich habe sie ja bislang nur zum Teil gesehen, da sie im Wasser schwamm. Jetzt wirkt sie unheimlich, wie ein Monster, noch dazu, da sie verbogen, verrostet und mit Algen bewachsen ist. Vielleicht macht sie ihnen ja tatsächlich Angst? Ich muss mit diesem Schrottteil zusammen angekommen sein, etwas anderes wäre nicht vorstellbar, und jetzt werden sie mich damit in Verbindung bringen, mich gar für einen Teufel halten …

Auf einmal fährt mir eine kalte Wasserfuhre übers Gesicht, die sich weich und hart zugleich anfühlt. Prickelndes, süßes, klares Wasser fließt mir in den Schlund, erfrischt mich – endlich! Ich kann es kaum glauben, der Typ hat tatsächlich begriffen und Wasser geholt.

Ich schlafe ein. Als ich erwache, habe ich jedes Zeitgefühl verloren: Bin ich für zehn Minuten eingenickt oder gar für zehn Stunden? Einige Zeit darauf erschrecke ich bis ins Mark, weil etwas an mir heftig rüttelt. Ein zum Fürchten bemaltes Gesicht stiert mich an, das eines Mannes, dessen Gesichtszüge bitterernst sind und nichts Gutes erahnen lassen. Es könnte der Medizinmann sein – oder mein Henker …

Er betrachtet meinen Körper, holt einen Stein hervor, hebt ihn hoch, hält ihn gegen die Sonne, schaut mich kriegerisch an – schreit mir irgendetwas ins Gesicht, sodass ich seinen Atem in meinen Haaren spüre. Just schlägt er den Stein mit voller Wucht in die Erde – direkt neben mir.

Ich erzittere. Wollte der mich gerade umbringen? Oder hat er absichtlich danebengetroffen?

Mein Versuch, mich von den Fesseln zu befreien, misslingt. Ich schreie und blicke zur Metallfläche, zu meinem einzigen Freund – könnte ich doch wieder ins Meer zurück! Mit den Haien bin ich fertiggeworden, aber mit denen hier?

Ein weiteres Mal schleudert der Mann den Stein in die Erde, nur wenige Zentimeter von mir entfernt. Dann noch mal und noch mal. Jedes Mal schreit er dabei »Haaa-Famm!« – was für ein Wort. Jedes Mal wird dabei Erde hochgeschleudert. Macht er eine Pause, wage ich einen Blick zu den anderen, die mit großem Abstand zuschauen. Beim nächsten »Haaa-Famm« fliegt mir die aufgeworfene Erde sogar in den Mund, weshalb ich huste und einen heißen Kopf bekomme. Ich hebe ihn an, soweit es geht, rede einfach wild drauflos: »Ich heiße Joe Forrest und komme aus Buenos Aires. Ich komme in Frieden und brauche Hilfe! Ich tue euch nichts!«

Der Mann lässt den Stein betont langsam herabsinken und schaut mich lange an. Ich habe keine Ahnung, was gerade durch seinen Kopf geht – es ist nicht wie bei dem alten Feuerbaum, bei dem ich sinnbildlich die Gehirnrädchen sich drehen sah. Hier ist alles anders, unwirklich! Doch seine sich runzelnde Stirn lässt mich hoffen, dass er zumindest überlegt.

Er steht auf, legt den Stein beiseite, sammelt ein paar Äste ein und kommt zu mir zurück. Die Äste lässt er direkt neben mir hinabfallen, schiebt sie dann ganz dicht um meinen Körper herum, bettet mich mit ernster Miene ein.

Wird das jetzt ein Scheiterhaufen? Wollen die mich bei lebendigem Leibe verbrennen?!

Mein Hilferuf wird ignoriert. Ich schreie vor Angst, versuche, die Fesseln millimeterweise zu lockern – es gelingt mir nicht mal ansatzweise.

Die ersten verlassen den Platz, schütteln den Kopf. Ratlosigkeit steht in ihren Gesichtern geschrieben, aber auch Skepsis, Zorn.

Viel später verlässt mich auch der Mann, der mit dem Stein herumhantierte. Man lässt mich allein.

Buenos Aires: Die vor Tagen ins Meer gestürzte Maschine der Fluggesellschaft »Translator« ist trotz intensiver Suche nicht mehr aufzufinden. Weder Wrackteile noch Ölspuren wurden gefunden. Man geht inzwischen davon aus, dass es keine Überlebenden gibt.

Das Militär versucht nun mit U-Booten, die Blackbox der »Konrad Lorenz« aufzuspüren, um genauere Hinweise über den Absturz zu erfahren. Wie die Flugwache mitteilte, ist der Funkkontakt mit dem Flugzeug seinerzeit abgebrochen. Als Ursache für das Unglück wird das Unwetter vermutet. Der Pilot habe die Wolkenfront zunächst umfliegen wollen, ist aber dann doch vom Unwetter eingeholt worden. Möglicherweise sei ein Blitz in das Flugzeug eingeschlagen. Die Maschine mit der Flugnummer 528 war auf dem Weg von Buenos Aires nach San-Pedro und hatte 98 Passagiere sowie Medikamente für die Elfenbeinküste an Bord.

… so müsste sich die Radiomeldung anhören.

Traurig blicke ich zur Metallfläche, die mein einziger Trost ist. Die Sonne nähert sich dem Horizont, kühler Wind streicht mir übers Gesicht, was sich zart anfühlt. Und bevor die Sonne gänzlich verschwindet, kann ich noch die letzten Buchstaben meiner Metallfläche erkennen: ›lator‹.

Was für Wort.

Pan-Pan

Am nächsten Morgen weckt mich ein intensives Kratzen auf dem Bauch. Ich ahne, dass der Medizinmann wieder an mir herumwerkelt. Blitzartig öffne ich die Augen – und sehe stattdessen das Hinterteil eines Vogels. Langsam dreht er sich um und schaut mir ins Gesicht. So ein Exemplar habe ich noch nie gesehen: Er sieht aus wie ein kleiner Pfau, hat die Größe einer Dampfschiffente und sein blaues Gefieder ist mit weißen Punkten übersät, die im Licht wie Sterne glänzen. Auf dem rot-orangenen Kopf fächern sich wie bei einem Kakadu Federn auf, die er auf- und niederwippen lässt. Sein Schnabel ist kräftig und spitz, seine gelben Beine münden in Krallenfüßen, deren Spitzen mich aufgeweckt haben. Lange Schwanzfedern mit unzähligen Augenmustern geben ihm Eleganz.

Wir schauen uns an, aber ich schließe die Augen vor Angst, er könnte sie mir auspicken. Konzentriert lausche ich den Geräuschen, die der Vogel macht, als er an meiner Kleidung zieht, den Schnabel in eine angenähte Tasche schiebt, während ich ganz vorsichtig die Augen wieder einen Spalt öffne. Dann setzt er sich auf meinen Bauch und schläft ein. Ihm scheint es auf mir zu gefallen, und so breitet sich in mir ganz allmählich ersehnte Ruhe aus.

Ich bin nicht verbrannt worden! Sie haben die Äste wohl aus einem anderen Grund um mich herumgelegt! Ich habe Zeit geschenkt bekommen! Aber für wie lange?

Ich versuche, meinen Kopf so zu drehen, dass ich aufs Meer blicken kann. Friedlich liegt die See vor mir, klar bis zum Horizont. Würde ich nicht gefesselt sein, würde ich vor Freude hineinrennen. Unweigerlich drängt sich immer wieder die Frage auf, wie es mit mir jetzt weitergeht, ob es überhaupt weitergeht oder ob es hier endet. Der Vogel sitzt noch immer auf meinem Bauch, öffnet ab und zu die Augen, putzt sich.

Im Gegensatz zu ihm erschrecke ich, als sich ein großer Schatten über mich legt. Er stammt von dem Mann, der gestern schmollend an der Palme hockte und mir das Wasser über den Kopf goss. Er bleibt vor mir stehen, hält inne, doch dann weiten sich seine Augen. Gestikulierend ruft er die anderen herbei, die sich mit Getrampel und Gemurmel nähern – Männer, Frauen, und zum ersten Mal versammeln sich auch Kinder um mich herum.

Vorsichtig beseitigt der Medizinmann die Äste. Erst jetzt flattert der Vogel davon, was mich traurig macht. Ein Raunen geht durch die Menge, während sich zwei Männer in Richtung des Vogels verneigen.

»Vepirr! Bontak!«

Plötzlich geht alles sehr schnell: Hastig werden die Seile von den Pflöcken gelöst, ich werde entfesselt, komme frei! Ich kann es kaum glauben … die Schwere weicht aus meinem Körper, aber ich traue mich trotzdem nicht, aufzustehen. Nicht nur, weil ich noch einen Funken Misstrauen habe, sondern weil mein Körper nach all der Zeit zu schwach geworden ist. Doch ich überwinde mich, stütze mich mit den Ellenbogen ab, richte mich langsam wie ein Koloss auf.

Aber die Männer und Frauen weichen zurück, haben Angst. Instinktiv öffne ich die Arme, hoffe, dass die Geste richtig verstanden wird. Alle schweigen. Einen Augenblick denke ich, dass ich mich verneigen sollte. Doch kaum habe ich den Kopf etwas gesenkt, erreicht mich ein Wortschwall, den ich nicht übersetzen kann – bis der Medizinmann energisch die Arme überkreuzt und etwas ruft, das bei mir als »Umba-Tenka« ankommt. »Pan-Pan!«, fordert ein anderer – und man weist mich an, zu folgen.

Ratlos laufe ich mit, der links und rechts, vor und hinter sich von kräftigen Männern eingekesselt ist. Die Idee, zu fliehen, verwerfe ich sofort, da ich viel zu schwach dafür bin und man mich ohnehin gleich wieder einfangen würde. Kaum auszudenken, was sie dann mit mir anstellen würden.

Wir lassen das Meer hinter uns, laufen an exorbitanten Büschen und Bäumen vorbei, folgen einer Anhöhe, bis wir in ein verstecktes Hüttendorf gelangen. Jede Hütte steht auf Pfählen, hat Dächer aus dicken, gebundenen Blättern und geflochtene Wände. Vor den Häusern sitzen Einwohner, die mich entgeistert anstarren.

Vor einer besonders großen Hütte machen wir Halt. Ihre Dachspitze überragt alles im Dorf, lediglich die Palmen sind höher. Die über dem Eingang befestigte Maske stiert so böse, dass ich gleich wieder wegrennen möchte.

Zwei kräftige Männer bewachen die Tür. Ihren bohrenden Blicken weiche ich aus, schaue lieber zum Rauch, der aus dem Schornstein wabert und sich in der Luft verliert.

»Ulam-Pan!«, befiehlt der Medizinmann den Wachen,

die sofort ihre verschränkten Speere öffnen und ihn hineinlassen – ich soll draußen warten.

Nach kurzer Zeit befiehlt man mir, in die Hütte zu gehen. »Pan-Pan!«, höre ich und meine Anspannung steigert sich ins Unermessliche.

Drinnen ist es halbdunkel. Nur langsam gewöhnen sich meine Augen an das spärliche Licht – wer hier drinsitzt, muss eine Lichtallergie haben. Nach und nach aber erkenne ich etwa acht bis zehn Gestalten, die im Halbkreis sitzen. In der Mitte hockt auf einem fellbehangenen Stuhl ein Mann. Nur schemenhaft erkenne ich seinen Kopfschmuck, der mit Federn bestückt ist. Eine viel zu lange Pfeife steckt in seinem Mund.

»Nini unataka!«, bekomme ich zu hören.

Jemand drückt eine Hand auf meine Schulter, ich soll mich hinknien.

»Anapaswa kueleza!«, sagt der Pfeifenraucher – der Häuptling! Niemand sonst würde so hoch sitzen und Befehle erteilen!

Ich schweige. Was ich auch immer tue, es könnte fatale Folgen für mich haben.

»Vepirr, Bontak!«

Der Häuptling bleibt regungslos; die dichten Wolken aus seiner Pfeife sind die einzigen Signale. Ein anderer zündet eine Fackel an, deren Licht hektische Schatten an der Wand tanzen lässt – Gespenster, die mich stumm anschreien und warnen.

Die quälende Stille umschließt mich wie eine Fessel – schon wieder! Mir wird klar, dass mein Schicksal jetzt von diesem Mann abhängt. Warum man mich vorhin gefesselt hat, kann ich allenfalls vermuten: Entweder hielten sie mich tatsächlich für den Teufel oder hatten Angst, sich bei mir an etwas anzustecken. Dass sie mich losbanden, kann ich nur mit dem Vogel in Verbindung bringen – und jetzt stehe ich vor Gericht. Der Alte da soll jetzt entscheiden, was mit mir geschieht.

Zaghaft schaue ich mich um: Tücher, Bambusrohre, Waffen, Behälter, Federschmuck und Knochen hängen an den Wänden. Gerade das letzte hat den Beigeschmack von Kannibalen …

»Kuleta in!«

Sofort eilen drei Männer aus der Hütte. Sie tun dies so schnell, dass ich das Schlimmste befürchte. Auf meiner Schulter liegt noch immer die Hand des Medizinmanns, der verhindern soll, dass ich aufstehe und davonrenne.

Der Häuptling lässt sich indes eine zweite Pfeife reichen, die bereits schon vor sich hingequalmt hat. Er nippt und saugt an ihr, bläst mit geschlossenen Augen den schwarzen Qualm aus, dann schaut er mich mit eiskaltem Blick an.

Ich ringe mit der Luft, möchte nur noch davonlaufen – doch ich fühle mich wie hypnotisiert. Als von draußen Geschepper zu hören ist, fahre ich in mich zusammen, noch dazu deshalb, weil Frauen draußen kreischen und erbärmlich weinen. Eine Stimme versucht, sie zu trösten, was ihr nicht gelingt. Auch Kinderstimmen sind zu hören.

Die Männer kommen wieder herein und geben dem Häuptling ein Zeichen. Er legt die Pfeife aus der Hand, richtet sich auf, stolziert an mir vorbei und winkt mich hinaus. Zaghaft und niedergeschlagen laufe ich ihm hinterher.

Draußen steht nicht, wie befürchtet, ein Galgen, sondern meine Metallfläche – das Scheppern kam von ihr! Die Männer haben sie von der Palme gebunden, hierhergebracht und fallengelassen! Es muss sie große Überwindung gekostet haben … dieses Monster ist auch sicher der Grund, warum die Frauen weggerannt sind und geweint haben.

Grimmig mustert mich der Häuptling, den ich jetzt im Freien besser sehen kann. Er sieht so aus, als wäre er vielleicht sechzig oder achtzig Jahre alt, dafür aber noch sehr agil. Ich kann mich des Gefühls nicht erwehren, ihn schon einmal gesehen zu haben. Aber ich kann nicht sagen, wie lange das zurückliegen soll – das Ganze fühlt sich absurd an.

Ungläubig lässt der Häuptling seinen Blick auf der Metallfläche ruhen, kratzt sich die Nase, die aus seinen tiefen Gesichtsfalten hervorsticht und ihn wie ein Adler aussehen lässt. Das mit Federn geschmückte Stirnband bändigt das volle, weiße Haupthaar. Seine kräftigen Arme hält er verschränkt.

»Ni nini?!«, zischt er die Männer neben sich an.

»Ni lazima ya shetani?!«

Demütig blicke ich nach unten, als müsse ich mich für etwas schämen. Aber wofür denn bitte? Mir fällt nichts Besseres ein, als zur Metallfläche zu zeigen und die Schultern zu zucken.

»Wapi unaweza kupata kwamba?!«

Heimlich versucht der Medizinmann, mir etwas mitzuteilen, was der Häuptling sofort energisch unterbindet. Dann schaut mich der Häuptling fordernd an – es ist ganz klar, er erwartet etwas von mir! Aber was denn bitte?!

Ich habe keine andere Wahl: Ich schaue in die Runde, überprüfe die Stimmung. Alle Augen sind auf mich gerichtet. Was immer ich jetzt auch tue, könnte richtig oder falsch sein. Aber ganz falsch wäre es, jetzt gar nichts zu tun. Da wir uns sprachlich nicht verstehen, bleibt mir nur eine Möglichkeit: Ich strecke die Arme aus und imitiere ein Flugzeug. Mit bebenden Lippen deute ich das Motorengeräusch an, es klingt wie ein Pferd. Dann laufe ich mit den ausgestreckten Armen im Kreis, zeige mit der Rechten in den Himmel und versuche, durch Grummeln ein Gewitter anzudeuten. Ich hüpfe, wie ich seinerzeit auch im Pilotensessel umhergeschleudert wurde; scharfe »Tschsch-Töne« sollen die Blitze darstellen. »Kawumm!«, brülle ich und zeichne einen Kreis in die Luft: das Chaos, das Gewitter! Mit der Linken zeige ich nach unten und lasse mich auf die Metallfläche plumpsen, die dabei mächtig scheppert …

»Seht ihr? Die Metallfläche tut einem nichts! Ihr braucht vor ihr keine Angst zu haben!«

Dann lege ich mich auf die Metallfläche, rutsche auf den trockenen Sand – meine Ankunft, wie immer sie auch stattgefunden haben mag.

Schweigen. Um mich herum nur Stille – jeder schaut den anderen fragend an, manche rücken sogar zwei Schritte zurück, schauen zu Boden.

Meine Güte, was wollt ihr denn noch? Besser kann ich es euch nicht erklären!

Der Häuptling grübelt, als würde ich ihn und seine

ganze Welt infrage stellen – nur ein paar Murmelgeräusche entweichen seinen Lippen. Mit weit geöffneten Augen sieht er mich schließlich an. Ich kann nichts anderes als nicken, selbst wenn es mein Todesurteil sein sollte.

»Ja, es ist meine Metallfläche, und ja, ich bin mit ihr hierhergekommen! Was wollt ihr noch wissen? Familienstand? Uni? Großeltern? Schuhgröße?«

Ich zeige auf die Buchstaben, spreche sie aus: »Transla-tor!«

»U-Wah?«

»Translator!!«, erwidere ich.

»Tra-lan-doa?«

»Herrgott, ja! Ich bin ein abgestürzter Pilot, der einzige Mensch, der diesen beschissenen Flug überlebt hat! Der tagelang im Wasser trieb und Bekanntschaft mit Haien gemacht hat! Begreift ihr das nicht? Ich bin kein Krieger! Ich tue euch nichts! Ich brauche nur etwas Hilfe! Ich möchte aufgenommen und nicht ausgegrenzt werden! Ich bin ein Mensch wie ihr! Habt ihr denn noch nie ein Flugzeug gesehen? Das sind diese Dinger aus Metall, die durch die Luft fliegen und aus denen nach der Landung Menschen spazieren. Seid ihr wirklich so abgeschnitten von der Welt? Ich wette, ihr zieht hier nur eine Show ab! Aber nicht mit mir! Ich bin nämlich schlauer als ihr! Da könnt ihr noch so viele Pfeifen rauchen, euch meinethalben hundert Knochen an die Hütten hängen – das nützt euch dann auch nichts mehr!«

In diesem Augenblick tritt der Medizinmann an mich heran. Eine Handbreit vor mir bleibt er stehen, blickt mir tief in die Augen, fasst blitzartig an seinen Gurt und holt ein Messer hervor. Ich trete einen Schritt zurück. Just reißt er seinen Arm hoch, weshalb ich zusammenzucke, und schleudert das Messer zur Metallfläche. Doch von dort rutscht es ab und landet im Sand. Ich atme auf …

Schließlich schiebt sich der Häuptling zwischen uns, schaut zum Himmel und ruft: »Ta-Sing!«

Die anderen erwidern den Ruf, stampfen auf den Boden, stochern mit ihren Speeren herum.

»Ta-Sing!«

Sollte ich jetzt doch wegrennen? Jetzt, wo sich alle in Trance bringen?

Ich bringe es nicht fertig. Ganz abgesehen davon, dass ich hier alleine keinen Funken Überlebenschance habe, hindert mich die Metallfläche daran: Verliere ich sie, verliere ich auch mich – so unglaublich das auch klingen mag.

Die Männer umkreisen die Metallfläche, laufen um sie herum. Immer, wenn sie die Speere in die Erde bohren, rufen sie: »Ta-Sing!« Meine innere Stimme fordert mich auf, mitzumachen – auch wenn es mich große Überwindung kostet und falsch ausgelegt werden könnte. Aber ich fasse mir ein Herz, laufe wie die anderen im Kreis um die Metallfläche herum, rufe »Ta-Sing«.

Das Ritual

Am nächsten Morgen habe ich Mühe, das Gestrige zu rekonstruieren. Mir ist, als hätte ich den Anfang eines Films gesehen, dessen letzte Rolle verschwunden ist. Alles ist so weit weg und unerreichbar.

In der Nacht quälte mich dann auch noch ein Albtraum: Ich stehe vor Gericht, Jahre nach dem Absturz, nachdem ich wieder zurückgekehrt bin – und muss die Lage einem Richter erklären.

»Und Sie wussten von der Medizin?«

»Ja. Nein – ich habe erst später davon erfahren.«

»Also fangen wir noch mal von vorne an. Sie sind Joe Forrest, der einzige Überlebende des Fluges … 528 … der ›Konrad Lorenz‹, ›Translator-Airways‹. Richtig?«

»Ja, das ist korrekt.«

»Sie sind 35 Jahre alt, Erster Offizier und Angestellter der Fluggesellschaft.«

»Ja, so ist es.«

»Während Sie planmäßig eingesetzt waren, ist Carl Feuerbaum spontan eingesprungen, weil es zu Personalausfällen kam.«

»Genau. Der Clark wurde krank, er war als Käpt'n für den Flug vorgesehen.«

»Dann sind Sie mit leichter Verspätung in Buenos Aires gestartet. An Bord waren 98 Passagiere … das Flugpersonal, Gepäck und die Medikamente. Ihr Ziel war San-Pedro, die Elfenbeinküste.«

»Stimmt.«

»Und während des Fluges erreichte Sie die Unwetterwarnung.«

»Ja, wir hatten davon über Funk erfahren. Aber den genauen Standpunkt weiß ich nicht mehr.«

»Und wie war das jetzt mit der Medizin?«

»Ich hatte davon schon im Sekretariat etwas mitbekommen, wusste nur nicht, dass die Kisten für unsere Maschine bestimmt waren. Wahrscheinlich wurde umdisponiert. Nach der Unwetterwarnung hatte ich Feuerbaum geraten, umzudrehen, aber das wollte er auf keinen Fall. Er wollte das Unwetter lieber umfliegen, schlimmstenfalls sogar durchfliegen. Er erzählte dann von der Medizin. Ihm lag sehr viel daran, dass sie rechtzeitig an der Elfenbeinküste ankommt. Wie Sie vielleicht wissen, war dort eine Epidemie ausgebrochen. Der nächste Flug nach San Pedro wäre erst Tage später erfolgt.«

»Und Carl Feuerbaum war zu so einem Flugmanöver in der Lage …«

»Er war unser bester Mann. Er hatte viel Erfahrung, ihm gehörte die Airline sogar zum Teil.«

»Aber Sie haben ebenfalls fundierte Kenntnisse – warum konnten Sie Carl Feuerbaum während des Fluges nicht von der vernünftigeren Lösung überzeugen?«

»Weil … weil er – weil es nicht so einfach mit ihm war.«

»Sie haben es also hingenommen, dass 98 Passagiere nebst Besatzung in Gefahr gebracht wurden, weil es nicht so einfach mit ihm war! Sie haben es trotz Ihrer Fachkenntnisse akzeptiert, dass der Käpt'n das Unwetter streift bzw. direkt hineinfliegt! Sie wussten um das Risiko und haben nicht weiter insistiert?!«

»Hören Sie, Feuerbaum hatte als Käp'n formell das Sagen, ich war nur der Erste Offizier!«

»Aber Sie wissen, dass durch das Manöver über 100 Menschen ums Leben gekommen sind! Und da letztendlich die Blackbox nie gefunden wurde, sind Sie der einzige Zeuge – *und Angeklagte*! Und da erzählen Sie uns, dass es mit ihm nicht so einfach war?!«

Der Richter schweigt eine Weile. Wie soll ich ihm das alles erklären?

»Okay. Was können Sie sonst noch über Carl Feuerbaum berichten?«, fragt er mich dann.

»Der Alte war offenbar kränker als ich dachte. Er hatte eine Narbe am Bein. Ich habe ihn zudem auch längere Zeit nicht mehr gesehen.«

»Dann war er möglicherweise gar nicht mehr flugtauglich?«

»Das weiß ich nicht.«

»Stimmt es, dass Carl Feuerbaum Sie einst ausgebildet hat?«

»Ja.«

»Und wie war das damals?«

»Er … er war sehr streng. Und er war auch nicht immer gerecht. Aber fachlich war er nicht zu schlagen.«

»Also fassen wir zusammen: Es war nicht so einfach mit ihm und er war sehr streng. Und das hat Sie im Cockpit mundtot gemacht?! Sie wollten keine Auseinandersetzung mehr mit ihm, nicht wahr?!«

»Ich sagte doch schon, dass ich mich eingebracht habe! Aber *er* hatte das Kommando!«

… ich drehe mich um und sehe die Angehörigen. Jeder schaut mich vorwurfsvoll an und hält ein Flugzeugmodell der Konrad Lorenz in der Hand. Der Richter schweigt, der Staatsanwalt schweigt und mein Rechtsanwalt fehlt. Schließlich stehen alle auf, legen ihre Modelle vor mir auf den Boden und verlassen schweigend den Saal. Ein Windzug lässt die schwere Tür ins Schloss fallen. Die anschließende Stille ist unerträglich. Ich blicke auf den Berg Flugzeugmodelle, der mir wie der Scherbenhaufen meines eigenen Lebens erscheint. Dann endet der Traum.

Jetzt liege ich in einer Hütte, durch deren Spalt sanftes Morgenlicht hereinscheint. Eine Frau kommt herein, gießt mir Wasser in einen Krug.

»Kula na kunywa«, sagt sie mit seidiger Stimme zu mir. Ich sage nur »Danke«, während sie verschwindet.

Gierig leere ich den Krug bis auf den Grund – klares, kaltes Süßwasser! Wenig später kommt die Frau mit dampfendem Grünzeug zurück. Es sieht wie zerkochte Algen aus und riecht nach verwesendem Fleisch. Den Brechreiz kann ich kaum unterdrücken – trotzdem fische ich mir ein paar Grünalgen heraus, schiebe sie widerwillig in den Schlund. Der Hunger fordert es ein.

Als ich erwache, sind zwei Augen auf mich gerichtet. Der Mann hockt wie versteinert an die Wand gelehnt. Nur selten blinzelt er, eigentlich fast nie. Doch plötzlich richtet er sich auf und kommt zu mir heran. Es ist der Medizinmann.

»Tra-lan-doa?«

Ich nicke, obwohl ich nicht wie meine Fluggesellschaft heiße.

»Mugambi«, höre ich ihn sagen.

Mugambi? Soll das jetzt eine Umbenennung sein? Geben die mir jetzt einen dritten Namen?

Aber die Lage klärt sich bald auf. *Er* heißt Mugambi.

Nach einer Weile führt man mich hinaus. Ich nehme die Landschaft wie ein Gemälde wahr – real und doch nicht wirklich greifbar, vor allem aber erstarrt. Kurze Zeit darauf bewegt sich alles in Zeitlupe, auch meinen Körper kann ich nur langsam fortbewegen. Sonnenstrahlen fächern sich durch Bäume, blenden mich, nachdem sich der restliche Nebel auflöst … es muss in der Nacht geregnet haben. Noch dazu brummt es in meinen Ohren, als würde in der Ferne eine Turbine laufen. Nur langsam verschwinden die Geräusche aus meinem Kopf, die sich über Nacht wie Parasiten eingeschlichen haben.

Man weist mir den Weg zur Dorfmitte. Alle haben sich dort versammelt, fünf Männer trommeln, zwei blasen in ein Holzrohr – es klingt grauenvoll. Sämtliche Augen sind auf mich gerichtet, der sich gerade so mit müden Beinen aufrecht halten kann.

Pan-Pan steht in der Mitte. Er zeigt auf mich, als würde ich zu spät kommen. Aber so ist es ja eigentlich wohl auch. Vor ihm sind zwei Speere in den Boden gerammt. Mugambi schiebt mich zu Pan-Pan, der mich regungslos ansieht; fast könnte man meinen, er sähe in mir sogar einen Konkurrenten. Dann zieht er plötzlich einen der Speere heraus, hält ihn eine Zeit lang demonstrativ waagerecht, holt aus – und wirft ihn mit Wucht zu einem Baum. Lautlos fliegt der Speer durch die Luft und trifft den Baum auf einem eingeritzten Symbol. »Tsahom!«, rufen alle vor Begeisterung – verdutzt schaue ich mich um.

Als ich Mugambi ansehe, zeigt er zum zweiten Speer, der noch in der Erde steckt. Mir dämmerts: Ich soll ihn jetzt auch werfen. Aber warum denn? Wollen die sehen, ob ich stark genug für sie bin? Ist das eine Aufnahmeprüfung? Oder soll gar eine neue Rangfolge geklärt werden?

Ich habe keine andere Wahl. Ich ziehe den Speer heraus, wanke dabei wie ein Betrunkener. Ich hätte nie gedacht, dass der so schwer ist! Dann positioniere ich mich, breitbeinig wie ein Seemann, hole aus – und werfe den Speer nach vorn, der irgendwo scheppernd auftrifft. Was die Schmerzen in meinem Oberarm angeht, müsste ich ihn ziemlich weit geworfen haben, doch der einsetzende Schwindel nimmt mir jede Orientierung.

Die Menge schweigt. Es folgt kein »Tsahom!« Benommen schaue ich nach vorn: Mein Speer ist vielleicht gerade mal drei Meter vor mir auf dem Boden gelandet. Nicht einmal stecken geblieben ist er – wie ein schlafender Bleistift ruht er auf der Erde.

Die Stille irritiert mich. Habe ich einen zweiten Versuch? Warum sagt niemand etwas?

Nach einer Weile schlurfe ich nach vorn, um den Speer aufzuheben – doch ein energisches »Nodo« hindert mich daran. Mugambi hat gesprochen. Wie ein aufgezogenes Spielzeugmännchen, dessen Feder klemmt, bleibe ich stehen, schaue ihn fragend an. Wozu das alles?

Mugambi spricht zur Menge, die an seinen Lippen klebt. Es scheint, dass sie nicht von mir überzeugt sind, so wie sie mich ansehen. Mugambi muss offenbar noch alle umstimmen. Dann winkt er den ersten Mann zu sich, der groß und gefährlich aussieht. Gemeinsam schreiten sie zu mir – so stellt mir Mugambi »Naroug« vor. Aber Naroug meidet mit aller Kraft den Blickkontakt mit mir. Nur einmal treffen mich seine Blicke, dafür so scharf wie zwei Messerklingen. Der Blick tut weh, trifft mich direkt ins Herz. Schmollend geht er dann zu seinem Platz zurück. Seine Abneigung gegen mich spüre ich bis in die kleinsten Knochen.

Und so lerne ich alle nacheinander kennen:

Männer:
Pan-Pan, der Häuptling
Mugambi, der Medizinmann
Mabouri, ein Fährtenleser
Naroug, ein Krieger
sowie …
Tatu
Tano
Ndugu
Mbololo
Kibo
Kigoma
Zawadi

Frauen:
Akili
Theluji
Sita
Saba
Mbili
Kumi

Malindi

Kibaja

und viele andere …

Benommen stehe ich auf dem Dorfplatz, schaue mich um und sehe eine mannshohe Strohpuppe – allein und abgesondert, wie ich. Von oben bis unten ist sie mit langen, hellen Blättern behangen, zwei Löcher lugen aus dem Kopf hervor, blicken ins Leere. Wie ein toter Baum auf Beinen steht sie herum, ein Geist, der auf irgendetwas wartet.

Naroug schreitet zu mir. Es ist, als ob er mir noch rasch etwas mitzuteilen hätte, etwas, das er beim Vorstellen mit Mugambi vergaß. Diesmal schaut er mir lange in die Augen, was sich so anfühlt, als würde er durch meine Schädeldecke starren und sie in zwei Hälften teilen wollen. Den Impuls, wegzurennen, unterbinde ich. Sogleich ergreift er das Wort – es klingt aggressiv. Meine Reaktion wartet er auch gar nicht erst ab, sondern schießt gleich die nächste Munition hinterher: »Tra-lan-doa … N o d o …!«

Ich stehe wie ein begossener Pudel da, sehe, wie er den Finger an seinen Hals legt und ihn wie eine Klinge an der Gurgel vorbeiziehen lässt. Und als ob es nötig wäre, das auch noch zu unterstreichen, macht er dabei ein Würgegeräusch – dreht sich schließlich um und geht.

Ratlos bin ich, wissend, einen starken und launischen Feind zu haben, warum auch immer. Müde verlasse ich den Platz, schleppe mich zu einer dreigliedrigen Palme, breche einen Zweig ab und schreibe meinen richtigen Namen in die Erde, was mir ein großes Bedürfnis ist: *Joe Forrest.*

Wird mich Naroug umbringen?

Zu einer Flucht, geschweige denn zu einem Kampf, fehlt mir die Kraft.

Fragend schaue ich zum Himmel.

Aber auch er weiß keine Antwort.

Der Scheiterhaufen

Mabouri führt mich an den Rand des Dorfes und versucht, mir ein paar Worte beizubringen.

»Ulambre« zum Beispiel heißt Baum, »Ulambrah« bedeutet offenbar die Mehrzahl, also ein Wald. Warum ich gerade diese Begriffe lernen soll, erschließt sich mir nicht gleich, doch es herrscht im Dorf auf einmal große Aktivität: Junge Männer rennen in den Wald und kehren mit blätterbehangenen Ästen zurück, die sie mitten auf dem Dorfplatz platzieren. Der Haufen ist bald so groß wie ein Indianerzelt; erst spät bemerke ich den Schemel, den sie mit eingebaut haben. Ein Schemel?

Mir läuft es kalt den Rücken herunter – unweigerlich drängt sich der Gedanke an einen Scheiterhaufen auf … dass jemand angespült wurde … dass dieser jemand nicht wie ich das Glück hatte, vom heiligen Vogel begnadigt worden zu sein … dass dieser jemand heute Nacht hier verbrannt wird! Auf diesem Stuhl!

Sofort melden sich die Bilder der Konrad Lorenz zurück – Feuerbaum, Lucy, die Passagiere … könnte es sein, dass sie doch überlebt haben und jetzt auch hier angespült wurden? Dass sie jetzt hingerichtet werden? Aber könnte ich das verhindern?

Tatsächlich wird der Scheiterhaufen immer größer. Um den Schemel werden sogar dornige Äste eingebettet, aufgerichtete Äste, die wie Speere den Fluchtweg versperren.

Verdammt, was stehe ich hier noch herum?

Ich kann nicht anders, als mich heimlich zum Strand

zu schleichen und nachzusehen … ich darf mich bloß nicht dabei erwischen lassen.

Vorsichtig vergewissere ich mich, dass mich niemand beobachtet. Langsam spaziere ich dann zu einer Palme, schreite den linken Weg entlang, der leicht abfällt und das Meer erahnen lässt.

Tatsächlich komme ich zum Strand. Sanft rollen die Wellen heran, in denen Vögel waten und baden. Weiter hinten erkenne ich dann auch die Pflöcke meiner Fesselung – aber hier liegt niemand. Dann blicke ich zur Palme, an der die Metallfläche angebunden war. Sie hatten sie so fest gezurrt, dass im Stamm Riefen zu erkennen sind. Weiter hinten thront ein großer Felsen direkt am Strand.

Ich kann nicht sagen, warum, aber er zieht mich magisch an. Am Felsen angekommen, taste ich mich vorsichtig an ihm entlang. Das Verlangen, die Wahrheit zu erfahren ist stärker als der Geruch, der sich langsam aufdrängt, mir vom Wind entgegengefächert wird und Schreckliches erahnen lässt. Doch ich ignoriere ihn, taste mich weiter, bis ich abrupt stehen bleibe.

Der Anblick lässt den Würgereiz wie einen Fahrstuhl hochfahren. Das Bild drängt sich mir auf und schießt bis in die Magengrube. Aber warum muss ich auch um diesen blöden Felsen laufen?! Es hätte doch gereicht, nur meine alte Stelle anzusehen!

Ich renne zur Palme zurück, stolpere dabei und erreiche nur mit Mühe den Weg zum Dorf. Dabei möchte ich eigentlich gar nicht mehr ins Dorf zurück, sondern nur noch fliehen! Zum Teufel mit meiner Schwäche! Verdammt noch mal – ein Haufen vergammelter Knochen hinter einem Felsen! Mein Verdacht erhärtet sich aufs Schärfste: Ich lebe unter Kannibalen!

Als ich das Dorf erreiche, empfängt mich Mabouri. Er scheint mich tatsächlich schon gesucht zu haben. Mir fällt als Erklärung spontan nur »Pipi« ein. Mabouri nickt und winkt mich zur Hütte.

Wir transportieren Decken durchs Dorf, nahe des Scheiterhaufens werden sie uns von Frauen abgenommen und auf dem Boden ausgelegt. Zu allem Übel trägt ein Mann noch einen Schädel an mir vorbei und legt ihn auf eine der Decken. Mir wird schlecht. Ich überlege, wie ich fliehen kann, und wann der beste Zeitpunkt dafür ist. Eigentlich ist es ganz einfach: Ich brauche nur die Metallfläche zu greifen und mich damit zum Meer schleichen – es darf bloß niemand merken, denn wenn sie mich erwischen, fesseln sie mich wieder. Und ich sollte vorher noch Proviant sammeln, für unterwegs. Aber so einfach der Plan klingt – er ist kaum umsetzbar: Die Metallfläche wegzutragen macht einen Höllenkrach, und zum Früchtesammeln fehlt mir die Erfahrung – was, wenn die Früchte ungenießbar sind? Ich brauche also Zeit. Und ich brauche ein Versteck.

Ich beschließe, meinen ambitionierten Plan aufzuschieben und abzuwarten. Schließlich nähert sich der Abend und Kühle erreicht das Land.

Diesmal ist es Mugambi, der mich herauswinkt. Wir gehen zum Scheiterhaufen. Männer mit brennenden

Speeren umlaufen ihn und das knisternde Licht erhellt die Dämmerung. Mir ist alles andere als wohl.

Inzwischen haben sich alle auf dem Platz verteilt. Jetzt erkenne ich, dass der Schemel im Scheiterhaufen besetzt ist! Jemand sitzt darauf! Mein Herz poltert wie eine tanzende Billardkugel ... hatte ich am Strand etwas übersehen? Oder ist es etwa Naroug, der verbrannt wird? Ich erfasse nicht den Unsinn, der mir im Kopf herumspringt ... warum sollten sie Naroug hinrichten? Ich brauche Zeit, bis ich mehr erkenne, sich der Schleier auflöst ... eine müde Gestalt hockt da, hell gekleidet, bewegungslos, resigniert. Sie scheint ihr Schicksal angenommen zu haben, wartet auf ihre Erlösung. Wenn ich da hocken würde, würde ich schreien, aber diese Gestalt schreit nicht – denn es ist die Strohpuppe, die mir vor Kurzem aufgefallen ist! Aber warum verbrennt man eine Puppe?

Der Scheiterhaufen brennt. Es knistert und knallt, Funken sprühen in die Höhe, beißende Hitze schiebt die Abendkühle fort. Alle blicken zur Strohpuppe, die plötzlich aufflammt, zerfällt, verglüht. Jubel geht durch die Menge. Frauen verteilen Schalen und Krüge, legen sie auf die Decken, in deren Mitte noch immer der Totenkopf ruht. Naroug kommt vorbei und grinst mich böse an. Als er den Schädel sieht, steigert er das sogar noch. Im Schatten der tanzenden Flammen wirkt er unheimlicher denn je.

Ich setze mich hin und denke wieder über die Flucht nach. Am besten ist, ich sehe mich doch schon morgen nach essbaren Früchten um. Ich möchte nicht der nächste Schädel in Narougs Sammlung sein ...

Sita

Am nächsten Tag bin ich außerstande, meine Fluchtvorbereitung in die Tat umzusetzen – schuld daran ist Sita. Sie hält mich den ganzen Tag lang davon ab, auch nur irgendetwas alleine zu tun. Fast scheint es, dass man sie auf mich angesetzt hat, dass man mir eine Falle stellt … sie folgt mir mit ständigem Lächeln und lässt mich nicht mehr aus den Augen. Kaum habe ich es dann doch mal alleine zum Strand geschafft, weil Sita abgelenkt war, holt sie mich auch schon wieder ein – und so gehen wir gemeinsam am Strand spazieren.

Es dauert lange, bis mir die rettende Idee kommt: Ich lege mich in den Sand und schlafe zum Schein ein. Eine ganze Weile wartet Sita, als wolle sie mich bewachen. Aber schließlich geht sie doch alleine ins Dorf zurück, nachdem sie mir zärtlich an die Schulter gefasst hat.

Am Abend wird wieder ein Feuer entfacht. Diesmal nehmen aber weniger daran teil, vielleicht zehn oder zwölf, weshalb der Holzhaufen kleiner geraten ist. Ein Schemel fehlt auch, ebenso eine Strohpuppe. Es wird getrommelt, gesungen und getanzt.

Während uns die Trommeln rhythmisch anheizen, tänzelt Sita vor meiner Nase herum und wirft mir neckische Augenaufschläge zu. Zugegeben: Ich genieße den Anblick, diese Haut, die durch das flackernde Licht erhellt wird, dieses schwarze, dichte, lange Haar, das wie das nächtliche Meer glänzt. Ihre Bewegungen sind so weich wie die einer Katze. Sie lacht, als könne sie meine Gedanken lesen, fordert mich zum Mittanzen auf, lächelt. Eine Weile bewegen wir uns mit den anderen im Tanz, bis sie mich allmählich zur Seite bugsiert und mich langsam aber sicher zu ihrer Hütte schiebt, als wolle sie mir etwas anvertrauen.

Drinnen angekommen fährt sie mir durchs Haar. Ich spüre ihren Atem, dann presst sie ihre weichen Brüste an meinen Körper. Was passiert hier? Langsam tastet sie sich von meinen Schultern zur Hüfte herunter, streift mir die Kleidung ab und gibt mir ein Zeichen, mich hinzulegen. »Hoi-Wam!«, flüstert sie, lächelt, bedeckt mich mit Küssen, die lange nachwirken. Mein Herz schlägt bis zum Hals, diesmal vor Freude und Erwartung! Selbst wenn ich wollte, könnte ich mich nicht wehren! Ihr schwarzes Haar öffnet sie, mit einem Mal liegen wir nackt auf der Matte. Zarter Windhauch streift unsere Haut, als würde er durch die Trommelschläge hineingeweht werden. Wir streicheln, küssen, umarmen uns, verschmelzen miteinander – schmecken nur uns.

»Hoi-Wam!«, haucht sie noch einmal, bis wir in Ekstase geraten und im Rausch ineinander aufgehen. Es ist himmlisch! Wenn man doch die Zeit anhalten könnte! Die Welt steht still!

Nebeneinander liegen wir, während draußen noch immer getrommelt und gesungen wird. Für mich gibt es nur Sita. Ein sanftes Prickeln durchfließt meinen Körper. Engumschlungen schlafen wir ein. Und ich bin der glücklichste Mann der Welt.

Am nächsten Morgen wache ich benommen auf. Sanftes Licht fällt in die Hütte, Vögel zwitschern. Nur dunkel kann ich mich an den gestrigen Abend erinnern. Dann blitzen die Bilder der letzten Liebesnacht wie aufspringende Knospen auf. Mir wird klar: Ich möchte keine Sekunde davon missen! Wie konnte ich mich anfangs nur so anstellen? Ich blicke zu Sita – wie schön sie ist, und wie weiblich! Ihr Duft will nicht aus meiner Nase weichen.

Wie in Trance lege ich meinen Arm um ihren nackten Körper, versuche, meinen Atem ihren Luftzügen anzugleichen, was mir nicht gelingt. Soll ich sie wecken? Erst mal nicht. Aber ich möchte ihr Gesicht sehen. Da sie auf der Seite liegt, muss ich dazu aufstehen und um sie herumlaufen. Doch sie wirkt auf einmal wie eine fremde Frau auf mich. Die Ruhe nicht ertragend, beuge ich mich über sie, um sie zu wecken. Aber das geht leider nicht – denn Sita ist tot.

Es braucht Zeit, bis ich es begreife: t o t ! Mein Atem stockt, verharrt im Körper, dessen Herz kräftiger schlägt und seinesgleichen sucht. Das ist nicht wahr! Wie konnte das passieren? Wir waren doch glücklich … jetzt ist sie tot … warum lebt sie jetzt nicht mehr? … War unsere Liebe zu heftig? Hat sie einen Herzinfarkt bekommen? Oder hat sie vorher etwas Giftiges getrunken und sich mit mir vom Leben verabschieden wollen? Oder ist tatsächlich Naroug mit im Spiel? Der hatte mich doch gestern so böse angegrinst …

Meine Gedanken überschlagen sich. Insbesondere der letzte lässt Schweißtropfen an meiner Stirn herunterperlen. Wahrscheinlich hat das Naroug alles eingefädelt! Man wird mir Mord unterstellen! Flüchten – jetzt gleich?! Noch weiß es niemand …

Ich wage einen vorsichtigen Blick aus der Hütte. Nur ganz hinten ist eine Frau zu sehen, die Töpfe reinigt. Ich hocke mich in die Ecke, grüble, doch die Gedanken wollen sich nicht einordnen. Also fassen wir zusammen: Ich habe die Nacht allein mit Sita verbracht. Jetzt ist sie tot, ich lebe und stehe somit unter Verdacht. Für eine Flucht ist es zu früh, da ich noch keine Vorbereitungen getroffen habe. Flüchte ich trotzdem und man erwischt mich dabei, kommt das einem Geständnis gleich. Es gibt folglich nur einen Weg: die Flucht nach vorn!

Ich ziehe mich an, gehe vor die Hütte und verriegle die Tür. Dann laufe ich, so ruhig ich kann, zu Mugambis Hütte, klopfe an seine Tür.

Mugambis Frau öffnet sie und fragt mich etwas. Ich kann nur »Sita!« herauspressen. Dann erscheint Mugambi aus der dunklen Ecke, ebenfalls so verschlafen wie ich und keinesfalls dankbar, schon zu dieser Stunde angesprochen zu werden. Aber er begreift schnell, holt sofort einen Beutel und rennt mit mir zu Sitas Hütte zurück.

Diese erreicht, bekomme ich die Tür nicht auf. Es ist, als ob Sitas Geist uns nicht hineinlassen will. Doch Mugambi scheint die Tür zu kennen, er öffnet sie und wir kommen hinein. Mugambi beugt sich sofort über Sita. Scham überfällt mich – und Angst! Zunächst überprüft der Medizinmann Atmung, Puls und Augen. Dann legt er sein Kinn auf ihre Stirn und schließt die Lider. Es sieht aus, als ob er Sitas letzten Gedanken ablesen möchte. Lange verharrt er in dieser Haltung, hebt dann seinen Kopf, streckt die Hände nach oben und lässt sie, gleich einem Vogel, der zur Landung ansetzt, wieder auf ihren Körper fallen. Schließlich werde ich hinausgebeten.

Etwa eine halbe Stunde später stehe ich wieder vor dem Tribunal. Links von mir hockt Mugambi, rechts Mabouri – und vor mir Pan-Pan. Wieder sitzt der Herrscher auf seinem Thron, wieder schaut er überlegen auf mich herab. Pan-Pan ist nicht nur Häuptling, er ist hier auch Gott!

»Wafu!«, sagt Mugambi.

»Wafu Tra-lan-doa?«, brummt Pan-Pan …

»Sita!«, setzt Mabouri nach.

»Lazima kulipia Tra-lan-doa!«

»Nodo!«

»Lazima nife Tra-lan-doa!«

»Sala!«

»Nodo!«

Pan-Pan schweigt. Seine fast zusammengekniffenen Lider lassen sein Augenweiß kaum erkennen. Es sieht so aus, als schaue er nach innen. Für einen Moment glaube ich sogar, dass er meine Gedanken lesen will.

»Sita mgonjwa?«, krächzt Pan-Pan dann die anderen an.

»Nodo!«, erwidert Mugambi.

»Sita afya?«

»Sala!«

Ein paar ältere Männer sehen sich an, nicken sich wie Eingeschworene zu.

»Sita kula hafifo?«

»Sijui.«

»Sita mlevi mbaya?«

»Sijui.«

Dann lässt sich der Häuptling eine Pfeife geben. Das flackernde Kerzenlicht gräbt tiefe Schatten in sein Gesicht, während er mich streng anvisiert.

»Tra-lan-doa mtu mbaya?«

»Sita kumaliza«, brummt Mabouri.

»Bontaka!«, ruft Mugambi.

Jetzt legt Pan-Pan seine Pfeife weg und sagt den längsten Satz zu mir, den ich je von ihm gehört habe. Tief beugt er sich dabei zu mir herunter und schaut mir in die Augen. Und diesmal kann ich sein Augenweiß klar erkennen – aber es fühlt sich an, als würde er mir auf den Grund meiner Seele blicken.

Man führt mich auf den Dorfplatz. Zwei Männer wuchten einen großen Stein auf die Platzmitte, ritzen eine Linie in den Boden. Dann schreiten sie ein paar Meter voran und ziehen eine zweite Linie in die Erde.

»Bon-Pan Bontuku«, sagt einer der Männer und scheucht die anderen zur Seite. Neben mir steht Mabouri, der mich wie einen Gefangenen am Arm festhält.

Ein Raunen geht durch die Menge, als Pan-Pan erscheint. Er stellt sich vor den Stein, streckt die Arme gen Himmel, ruft etwas, hockt sich dann hin, reibt die Hände mit Sand ein und umarmt den Stein wie einen Freund. Dann hebt er ihn mit einem sanften Ruck an,

presst ihn an den Körper und schleppt ihn mit verzerr-
tem Gesicht nach vorn. Es fällt ihm schwer! Aber er
hat sich im Griff. Als er die zweite Linie erreicht, lässt
er den Brocken fallen, der mit Wucht auf den Boden
schlägt und Staub aufwirbelt. Die Menge jubelt, aus
Pan-Pans Gesicht weicht die Röte und seine Muskeln
entspannen sich.

Ich ahne, was mir jetzt blüht. Tatsächlich schubst
man mich zu dem Brocken hin – ich soll den Stein
zurücktragen! Aber was hat das mit Sitas Tod zu tun?
Soll das eine Gewissensprüfung sein? Bin ich nur rein,
wenn ich diesen Stein tragen kann?

Als ich vor dem Brocken stehe, wirkt er viel größer
auf mich – wie hat der Alte das bloß geschafft? Mit
Atmung allein ist das nicht möglich. Ich zaudere, blicke mich um, doch mein Zögern kommt nicht gut
an. Mit Gesten fordert man mich auf, den Brocken
endlich anzupacken.

Ich versuche es, schaffe es aber nur, ihn vielleicht
um eine Ameisengröße anzuheben – dann rutscht
mir der Brocken aus den Händen. So wird das nichts!
Vielleicht sollte ich mich einfach ergeben? Doch dann
kommt mir eine Idee.

Mit aller Kraft stemme ich mich gegen den Stein,
ohne ihn anzuheben. Tatsächlich schiebt er sich ein
winziges Stück nach vorn, vielleicht einen halben
Zentimeter. Ich verändere meine Körperhaltung,
setze weiter an, wende meine ganze Kraft auf. Mein
Atem rasselt dabei wie eine Ankerkette und der Stein
knirscht im Sand ... noch einen Zentimeter ... und

noch einen … bis ich erschöpft die erste Linie erreiche und mich ermattet fallenlasse.

Die Menge schweigt. Ratlosigkeit macht sich breit. Offenbar hatten sie damit nicht gerechnet. Und sie hatten sich wahrscheinlich mehr von mir erhofft. Was sie nun daraus machen und wie sie das mit mir und Sitas Tod in Verbindung bringen, weiß ich nicht. Ich kann nur ahnen, was in ihren Köpfen vorgeht.

Doch Mabouri unterbricht die Stille, drückt mir einen langen Knüppel in die Hand, dessen Ende mit einer eingesetzten Steinklinge versehen ist. Es ist eine Axt, die sie wie sämtliche Waffen aus Naturalien selbst gebaut haben. Für einen Moment denke ich, dass die jetzt von mir den Freitod erwarten … es würde passen, so wie ich sie eben ausgetrickst habe!

Mabouri zeigt dann energisch zum Wald. Soll ich es etwa dort tun? Oder soll ich dort gegen jemanden kämpfen? Ein paar Männer rennen ins Dickicht und Mabouris Gesten sind eindringlich: Ich soll hinterher!

Im Wald angekommen sehe ich die anderen um einen großen Baum stehen und beten. Schließlich greifen sie ihre Äxte und hämmern auf den Baum ein, als hätten sie dafür nur drei Minuten Zeit. Alle feuern sich gegenseitig an, indem sie im Rhythmus ihrer Schläge etwas rufen. Mit voller Wucht hauen sie in das alte, ehrwürdige Holz, das sie mit ihrem Sprechgesang vermutlich um Verzeihung gebeten haben. Ich tue es ihnen nach, so schwer mir das auch fällt.

Lange Zeit später knackt es und ein berstendes Knirschen folgt – fast meint man, den Baum stöhnen zu hören. Der Baum bricht endgültig, rasselt hernieder, reißt dabei weitere Bäume um und verdampft fast im Wald, soviel Erde wird dabei hochgewirbelt. Noch lange hallt das bebende Geräusch im Wald nach und ein paar Vögel flattern davon.

Aber damit ist es nicht getan. Mabouri ritzt Striche in den Baum, wir sollen ihn zerteilen und aushöhlen. Wegen meiner Schwielen lege ich die Axt weg, was Mabouri nicht gefällt: »Te-Wa-Ton Nodo! Sita Ulam-Scho Te-Wa! Bontaka Ta-Wam!«

»Mein Gott, polier' dir doch selber die Fresse! Ich habe keine Ahnung, was du von mir willst!«, brülle ich ihn an und zeige meine geschundenen Hände. Mabouri verschwindet für kurze Zeit im Wald und kommt mit gerupften Blättern zurück. Vor meinen Augen schiebt er sie sich in den Mund und zerkaut sie – schnurgerade ist sein Blick dabei auf mich gerichtet. Dann greift er meine Hände, spuckt das grüne Etwas auf die Schwielen und reibt meine Handflächen zusammen.

»Kwamba huponya!«, sagt er und greift zur Axt. Ich schaue auf meine Handflächen, die wie Fischflossen aussehen. Soll das eine Medizin sein? Tatsächlich entspannt sich meine Haut langsam, während die anderen ununterbrochen mit ihren Äxten das alte, ehrwürdige Holz bearbeiten.

Erst spät wird das erste Teilstück fertig. Zehn Männer wuchten den jetzt fertigen Einbaum hoch und schleppen ihn ins Dorf vor Sitas Haus. Sanft legen sie ihren

Leichnam hinein, legen noch eine Blume darauf. Mugambi verneigt sich, dann tragen die Männer das Boot zum Strand. Dort angekommen befiehlt mir Mabouri: »Ludogo!«

Schon wieder so ein Wort! Mabouri gibt mir einen Speer – wahrscheinlich soll ich Wache halten? Tatsächlich verschwinden alle ins Dorf, lassen mich als einzigen mit dem Speer in der Hand zurück, der nur noch Sita ansehen kann … erschöpft, traurig und ratlos.

Nach längerer Zeit kommen sie mit brennenden Fackeln zurück. Sie wollen Sita im Boot verbrennen, schießt es mir durch den Kopf! Ich bleibe dennoch wie angewurzelt stehen, als würde mich wieder eine Macht hindern. Gespenstisch sieht das alles aus, dämonisch wie bei einer Sekte!

Als sie mich erreicht haben, öffnen sie sich, umkreisen Sitas Boot und damit auch mich.

Pan-Pan schreitet auf mich zu und wuchtet seinen Speer direkt vor mir in den Boden. Lange blickt er mich an, mit finsterer Miene, die wegen des Fackellichts wieder zerklüftet erscheint.

»Sing-Te-Wa Sita!«, sagt er.

Die Männer wiederholen Pan-Pans satanisch klingenden Worte.

»Tra-lan-doa!«, reißt es mich aus der Lethargie zurück. Mabouri ist an mich herangetreten und donnert mir gleich die nächsten Wortfetzen ins Gesicht: »Sita Ulam-Scho Sing-Te-Wa!«

»Jaja, ich verstehe. Eine feine Sprache habt ihr euch da ausgedacht! Aber wenn ihr denkt, ich lasse mich jetzt mit Sita ins Jenseits befördern, dann habt ihr euch getäuscht! Ich werde höchstens ins Boot steigen und mich mit ihr übers Meer treiben lassen, bis wir eine Insel erreicht haben – habt ihr das verstanden?! Und dann werde ich aussteigen und es mir dort gemütlich machen, weil da nämlich keine Wahnsinnigen wohnen wie ihr! So, jetzt guckt ihr aber dämlich! Damit habt ihr nicht gerechnet, nicht wahr? Dann bin ich nämlich weg! Und jetzt lasst mich gefälligst in Ruhe!«

In diesem Augenblick reichen die ersten Männer ihre Fackeln weiter und rücken im Gleichschritt an mich heran. Jetzt bin ich dran! Ich konnte ja nicht ahnen, dass sie mich tatsächlich verstehen! Im letzten Augenblick weiche ich ihnen aus und kann mich wie ein Wiesel hindurchmogeln; es fällt leichter als gedacht. Wie durch ein Wunder stehe ich plötzlich hinter ihnen und sehe, wie sie den Einbaum mit Sita langsam ins Meer schieben. »Sita!« rufen sie dabei. Und nach einigem Wuchten rutscht der Einbaum knarzend ins Meer, treibt still über das ruhige Wasser, bis er langsam aber sicher nur noch als Punkt in der Dunkelheit auszumachen ist. Auf Wiedersehen Sita, lebe wohl!

Pan-Pan gibt ein Zeichen. Alle drehen sich um und schlendern zum Dorf zurück. Ich folge ihnen als letzter, lehne mich an einen Baum, der mich an Sita erinnert. Seine Blätter hängen wie die einer Trauerweide herab und wirken wie ihr langgewelltes Haar, das mir nicht mehr aus dem Sinn geht. Ich vermisse sie. Ein paarmal atme ich tief durch, hoffe, dass der nächste Tag besser wird. Dann nehme ich eines dieser langen

Blätter in die Hand und halte es ganz fest, so wie das Haar von Sita.

Ich werde es in der nächsten Stunde nicht mehr loslassen.

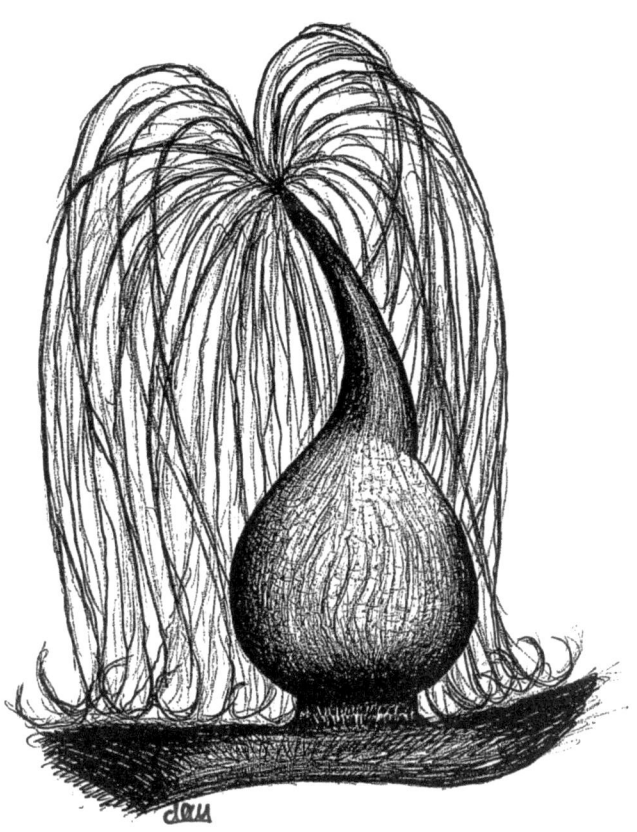

Feuerbaum

Der gestrige Tag war so hart für mich, dass ich heute schon wieder apathisch am Baum lehne und nichts anderes tue als Löcher in die Luft zu starren. Da habe ich doch hier, wenn auch nicht ganz freiwillig, eine Frau gefunden – und dann stirbt sie mir einfach über Nacht weg.

Unwillkürlich muss ich jetzt an Feuerbaum denken, der ganz sicher wissen würde, was zu tun wäre – und so seltsam das auch klingen mag: Zum ersten Mal wäre ich froh, ihn neben mir zu wissen.

»Das hätten Sie nicht gedacht, dass es soweit kommt, oder?«, frage ich, als säße er tatsächlich neben mir.

»Das *was* soweit kommt?«, antwortet mir der imaginäre Feuerbaum.

»Das wir das alles überleben und hier nun herumsitzen!«

»Herumsitzen nennen Sie das?«

»Ja! Wie würden Sie es denn nennen?«

»Dass wir gefesselt werden und uns vor einem Häuptling rechtfertigen müssen, dass wir des Mordes an einer Frau bezichtigt werden – das nennen Sie ›Herumsitzen‹?«

»Nein, natürlich nicht. Ich meine diesen Augenblick, jetzt, in dem wir hier sitzen und miteinander reden.«

»Was wir hier machen, ist ein Selbsterfahrungstrip!«

»Ja, das außerdem. Man müsste die Sprache lernen, das würde manches erleichtern.«

Feuerbaum grummelt vor sich hin. »Na schön, nennen

wir es eben ›Sprache‹. Aus diesem Wortgemisch wird doch eh keiner schlau!«

»Aber wenn wir die Sprache nicht lernen, werden sie uns niemals richtig aufnehmen. Dann bleiben wir auf ewig Fremde!«

»Forrest, wir bleiben hier so oder so Fremde! Das ist doch alles nur ein Provisorium! Oder wollen Sie etwa für alle Zeiten hier leben?«

»Nein. Ich möchte auch wieder nach Hause. Aber ich bin dazu noch nicht imstande.«

Feuerbaum nickt.

Ich frage ihn: »Würden Sie es das nächste Mal eigentlich wieder so machen? Direkt rein in die Wolkenfront? Volle Kanne?«

Feuerbaum sinniert zur Seite, bleibt mir die Antwort zunächst schuldig. Erst nach einer Weile kommt er darauf zurück: »Überlegen Sie erst mal, was *Sie* falsch gemacht haben, Forrest! … im Cockpit!«

… das versetzt mir einen Schlag. »Wie kommen Sie darauf, dass es *mein* Fehler war? *Sie* wollten doch unbedingt durch die Wolkenfront hindurch!«

»Weil Sie mich zugequatscht haben, Mann! Sie hatten ständig etwas einzuwenden, irgendwann musste es ja schiefgehen! Ein Copilot arbeitet konstruktiv und nicht gegen den Käpt'n! Wenn wir auf mich gehört hätten, säßen wir jetzt nicht hier! Sie sind ein *Schulbuchpilot*, Forrest!«

Meine Kinnlade sinkt hinab. »*Sie* machen mich für *Ihr* Handeln verantwortlich? *Sie* hatten doch das Kommando, und das haben wir befolgt! Übrigens bin ich als

Copilot verpflichtet, mich einzubringen, und ein richtiger Käpt'n weiß das auch zu schätzen!«

… Feuerbaum rutscht nervös hin und her, als hätte er Schwielen am Hintern. Nur zum Schein weicht er meinem Blick aus, hält nach Vögeln Ausschau. Aber ich durchschaue ihn: Jetzt überlegt er sich eine schlagkräftige Antwort, die er mir gleich brühend heiß servieren wird.

»Forrest!«, kommt es dann tatsächlich bald von ihm. »Ich wollte es Ihnen ja eigentlich nie sagen, aber jetzt ist doch der Zeitpunkt dafür gekommen. Die Gesellschaft, in der Sie zwischenzeitlich gearbeitet haben, hält Sie noch heute für einen Anfänger! Und das, obwohl Sie bei mir gelernt haben, obwohl Sie die Abschlussprüfung bestanden haben! Die waren froh, dass sie Sie loswurden! Wissen Sie, was die zu mir gesagt haben?«

»Nö.«

»Interessiert Sie es denn nicht?«

»Nein.«

»Und warum nicht?«

»Weil es nicht stimmt!«

»Forrest, seien Sie vorsichtig!«

»Es ist kein Geheimnis mehr, dass Sie sich alles immer zu Ihren Gunsten hindrehen! Sie manipulieren die Menschen! Übrigens: Was ich in der anderen Gesellschaft über Sie hörte, ist auch nicht sehr schmeichelhaft für Sie! Die halten Sie für einen …« – das Wort »Spinner« kommt mir dann doch nicht über die Lippen …

Feuerbaum lässt meine Worte in der Luft verklingen. Ihn scheint das alles nicht zu kratzen. Meine Frage, ob er mehr erfahren möchte, verkneife ich mir. Ich versuche stattdessen, genauso kühl zu reagieren wie er – so sitzen zwei Männer an der Palme und starren schweigend aufs Meer.

»In den Kisten war keine Medizin, oder?« … stolpert es dann doch aus mir heraus.

Feuerbaum bleibt wie versteinert. Fast könnte man meinen, er sei ein Denkmal seiner selbst.

Dann merke ich, wie er langsam seinen Kopf zu mir herüberdreht und sein Hemdkragen dabei raschelt: »Wie bitte?«

Ich lehne mich zurück und genieße die Macht. Klar hat er mich verstanden, er tut nur so. Jetzt habe ich ihm auch einen Brocken serviert, an dem er sich die Zähne ausbeißen kann.

»Forrest! Ich habe Sie etwas gefragt!«

Nun drehe auch ich langsam meinen Kopf herum, schaue ihm in die müden Augen, die von geschwollenen Lidern umrandet sind.

»Die Kisten! Da war keine Medizin drin!«

Jetzt richtet sich der Käpt'n auf, sodass er mir gegenüber größer erscheint. »Was wollen Sie damit sagen, Forrest?!«

»Mit Verlaub, aber da konnte keine Medizin drin sein – in dieser geringen Menge hätte das niemals gereicht! Gegen eine Epidemie müssten ganz andere Kaliber aufgefahren werden. Das war doch nur ein Vorwand!«

Feuerbaum steht auf.

»Wie kommen Sie denn auf so etwas?! Forrest, das ist eine Unterstellung! Und überhaupt: Was soll denn Ihrer Meinung nach dann in den Kisten gewesen sein?!«

Die Antwort darauf bleibe ich ihm zunächst schuldig.

Beim besten Willen kann ich nicht sagen, was anstelle der Medizin in den Kisten gewesen sein soll … Diamanten vielleicht?

»Es ist schon seltsam, dass Sie seinerzeit im Airport mit einer prall gefüllten Aktentasche erschienen sind. Wozu braucht man eine so dicke Aktentasche, wenn man spontan zum Einsatz berufen wird? War da vielleicht noch etwas zu organisieren, jetzt, da der alte Clark ausgefallen war? Irgendwelche Geschäfte vielleicht? Vielleicht gab es sogar einen Deal mit Clark? Sie sind doch ohnehin Miteigner der Gesellschaft, da würden ein paar Hinzuverdienste schön ins Portemonnaie passen. Und warum hatten Sie sich gleich auf mich eingeschossen, mich mit meinen angeblichen Unzulänglichkeiten konfrontiert … vielleicht, um mich von Ihren Nebengeschäften abzulenken? Es würde mich nicht wundern, wenn Sie noch andere Eisen im Feuer hätten – illegale vielleicht.«

Ich stehe auf, lasse ihn mit seinen Gedanken allein. Geraden Schrittes laufe ich ins Dorf zurück, erst dort angekommen schaue ich zum Baum zurück, an dem ich gerade meinen Monolog geführt habe. Feuerbaum lebt nicht mehr, wie konnte ich ihn bloß in mein Gedächtnis zurückholen …

Am nächsten Morgen ist der Himmel bedeckt. Wolken türmen sich auf, und der Wind nimmt zu. Ich sitze in Mabouris Hütte, der mir einen Haufen Blätter überreicht, noch dazu eine Vogelfeder, die ich in eine Schale mit schwarzer Flüssigkeit tunken soll. Ich versuche erst gar nicht, mir auszumalen, was sie mal vorher war.

»Tra-lan-doa«, sagt Mabouri und macht dabei eine Schreibbewegung. Ich soll meinen Namen schreiben.

Unsicher tunke ich die Feder hinein, führe den Kiel über das wellige Blatt. Aber es ist so uneben, dass ich ganze Löcher hineinstanze. Nur mit Mühe gelingt es mir, meinen Namen zu schreiben und so übergebe ich ihm das Blatt mit einem gewissen Stolz. Mabouri nickt, winkt mich hinaus, zeigt nach oben und sagt: »Bontaka!« Meint er den Himmel? Kaum habe ich das Wort in Lautschrift notiert, ergänzt er »Anga«. Anschließend zeigt er auf den Boden und sagt: »Bontuku«, dem er rasch noch »Dunia« hinzufügt. Nach und nach wird mir klar, dass sie offenbar selbst verschiedene Sprachen sprechen. Aber warum?

Wir gehen hinaus, laufen durchs Dorf. Mabouri übersetzt mir die Sonne, den Fluss, das Dorf und schließlich noch die Waffe.

Doch dann fallen die ersten Regentropfen auf uns herab, weshalb wir zu Mabouris Hütte eilen.

Drinnen angekommen schreibe ich wie ein Gehetzter die letzten Worte auf, die ich von ihm gehört habe. Fast ist es so, als würden sie weglaufen, wenn ich sie nicht festhielte. Der Regen prasselt aufs Dach, was mich einerseits beruhigt, andererseits irritiert. Sanftem, prasselndem Geplätscher wird zwar eine beruhigende Wirkung zugeschrieben, mich aber erinnert das doch immer wieder an den Flugzeugabsturz im Meer.

Fleißig pauke ich die Sprache ein. Manches Wort will sich partout nicht in den Kopf setzen, andere Worte hingegen sind so leicht, dass ich mich frage, warum ich sie nicht schon immer gekannt habe. Und so entsteht mein erstes Vokabelheft …

Bontaka / Anga	Himmel … oben
Bontuku / Dunia	Erde … unten
Ta-Hoi / Sun	Sonne
Te-Hoi / Siku	Tag
Te-Wa / Usiku	Nacht
Ulambre / Mti	Baum
Ulambrah / Msitu	Wald
Pan-do / Kijiji	Dorf
U-Bontu / Mtu	Mensch
Pan-Pan / Wakuu	Häuptling
Vepirr / Ndege	Vogel und Kopfschmuck Pan-Pans
Tsahom / Sihala	Waffe
Hoi-Wam / Opendo	Liebe
Sala / Ndiyo	ja
Nodo / Hakuna	nein

Am nächsten Tag finde ich ein Messer, das auf dem Grund einer Pfütze liegt. Ich hebe es auf, betrachte es, greife mir einen herumliegenden Ast und beginne wahllos zu schnitzen.

Es braucht lange, bis mir klar wird, was ich da eigentlich tue. Ich greife einen zweiten Ast, bearbeite ihn und stecke die Teile zusammen. Dann ritze ich kleine Buchstaben hinein. Stolz betrachte ich mein Kunstwerk, halte es ins Licht – das Flugzeugmodell der Konrad Lorenz. Ich folge dem Impuls, das Modell fliegen zu lassen. Aber der Wind gibt dem Modell einen Stoß, sodass es sich im Baum verfängt, der einem mehrköpfigen Drachen ähnelt. Ich schüttele ihn, der das Flugzeugmodell bald ausspuckt – und im Gegensatz zur echten Konrad Lorenz kommt es sogar unten heil an.

In diesem Augenblick nähert sich mir eine kräftige Gestalt, die mich wutentbrannt im Blick behält. Naroug! Jetzt im Sonnenlicht wirken seine Tattoos noch viel bedrohlicher, und die hervorstechenden Spitzen an Brust und Bauch erwecken den Eindruck, man hätte dem Zweimeter-Mann ein Kettenhemd unter die Haut genäht.

Als er vor mir steht, stellt er mich zur Rede, aber ich bin außerstande, ihn zu verstehen. Schließlich zeigt er auf das Messer, das ich neben dem Drachenbaum abgelegt habe und das er einzufordern scheint. Doch Gelegenheit, mich danach zu bücken, um es ihm zu überreichen, bekomme ich nicht, da mich Naroug mit einem Mal nach hinten schubst. Rücklings liege ich am Boden! Als ich mich aufrichte, schleudert er mich gleich wieder auf den Boden zurück. Dann beugt er sich zu mir herunter, hält mich mit beiden Händen an den Armen fest.

Mir wird übel. Deutlich kann ich seine Hautporen erkennen, sehe seine Halsschlagader im Puls tanzen. Noch dazu der Geruch, der aus seinem Körper strömt … Schweiß und Wut verbünden sich in ihm. Sich einem Kampf auszuliefern hat keinen Sinn – was bleibt mir also übrig?

Ich warte eine Weile, hoffe, dass sich die Situation von selbst erledigt – irgendwie. Vielleicht kommt jemand aus dem Dorf vorbei? Oder sollte ich Hilfe rufen?

Ich atme tief durch … und gottlob fällt mir dann das richtige Wort ein: »V e p i r r !«, schreie ich ihm ins Gesicht, das sich tatsächlich dabei erschreckt.

Naroug hält inne. Allmählich spüre ich, wie er seine Hände millimeterweise von mir löst. Plötzlich steht er auf, greift sich das Messer und geht.

Ich atme auf. Habe ich diesen Testosteronbolzen jetzt etwa mit nur einem Wort in die Schranken verwiesen?

Müde lehne ich mich an den Drachenbaum, greife das Flugzeugmodell und lasse es ein zweites Mal durch die Luft fahren. Doch diesmal zerbricht es bei der Landung wie die echte Konrad Lorenz … das ist kein gutes Omen …

Der schaurige Wald

Jetzt, wo Sita tot ist und ich mich in Tagträumen mit Feuerbaum wiederfinde, sogar noch ein Flugzeugmodell bastele, wird mir klar, dass ich in mein altes Leben zurück muss. Meine Fluchtpläne, die bislang wegen der körperlichen Diskrepanzen und Sitas Verführung nicht umzusetzen waren, melden sich zurück. Es kann doch nicht sein, dass ich hier bleibe! Noch dazu, da mich Naroug immer wieder angreifen wird.

Es gibt nur einen Weg: Ich muss aufs Meer zurück. Entschlossen schneide ich ein riesiges Blatt ab und verknote es zu einer Tragetasche. Damit laufe ich zum Drachenbaum, in dessen Nähe Sträucher mit Früchten hängen. Neulich hatte sich der Medizinmann daran bedient, also müssen die Früchte genießbar sein. Zwei, drei, vier … acht Früchte landen in meiner Tragetasche, die inzwischen tief herunterhängt. Langsam schlendere ich Richtung Dorf zu meiner Metallfläche, hinter der ich das Blatt mit den Früchten im Sand vergrabe. Gottlob hat mich niemand gesehen.

Am nächsten Morgen werde ich von hämmernden Geräuschen geweckt. Vor meiner Hütte machen sich drei Männer an einem Baumstamm zu schaffen, hauen aus ihm einen Einbaum. Nach einer Weile wird es mir noch mal bewusst: Sie bearbeiten ihn wirklich direkt vor meiner Hütte!

Das ist kein gutes Zeichen.

Vorsichtig frage ich, ob jemand gestorben ist. Die

Männer schauen mich nur an, dann ergießt sich ein Wortmeer, in dem ausgerechnet auch noch »Tra-lan-doa« vorkommt – das passt mir gar nicht!

Aber ich habe kaum Zeit, darüber nachzudenken, weil Naroug und Tano strammen Schrittes auf mich zukommen. Mir gefriert das Blut in den Adern ... werden sie mich jetzt zu zweit verprügeln? Oder wird sich Naroug in Tanos Gegenwart beherrschen?

»Ulam-Tsahom!«, sagt Naroug zu mir und reicht mir einen Speer. Ich nehme ihn zögernd an, hoffend, mich jetzt nicht mit ihm duellieren zu müssen. Aus Tanos Gesten kann ich entnehmen, dass ich ihnen folgen soll. Ich gebe vor, noch eine Verabredung mit Saba zu haben, aber das nimmt man mir nicht ab. Als Naroug mir dann energisch an die Schulter fasst, wird mir klar, dass ich mich nicht aus dieser Schlinge ziehen kann – es bleibt mir nichts anderes übrig, als mitzugehen.

Schließlich betreten wir den Wald. Die Geräusche aus dem Dorf werden leiser, werden vom Wald verschluckt, als hätte man einen Vorhang zugezogen. Die Bäume erscheinen dafür umso größer. Wuchtige, mächtige Stämme stehen wie Säulen in der Erde. Klein fühlt man sich bei ihrem Anblick.

Die beiden Männer haben mich in die Mitte genommen. Naroug geht voran, immer tiefer schreiten wir, schieben uns durch das satte Grün hindurch. Nach einiger Zeit hören wir neue Geräusche: ein Knarzen, ein Brummen, ein Ächzen, ein Pfeifen. Käfer krabbeln auf dem Boden herum, arbeiten sich mit großer Kraft durch die Unwägbarkeit des Dschungels. Hört man genau hin, nimmt man ihre zarten Bewegungsgeräusche war … Srrt – Srrt.

Naroug schlägt das Dickicht mit einer Holzmachete frei und reagiert dabei möglicherweise seine Wut ab. Manches Mal denke ich, dass diese Kräfte eigentlich mir gelten. Wie Raupen fressen wir uns durch das immerwährende Grün, das sich mit gezackten Blättern, Dornen und Lianen präsentiert. Der Dschungel geht ineinander über, verwebt sich wie ein Spinnennetz. Aber die beiden kennen sich hier aus, so als hätten sie den Wald selbst einmal gepflanzt.

Doch je tiefer wir hineingelangen, desto mehr verabschiede ich mich gedanklich von meinem Leben. Nicht nur, dass ich mit diesen zwei missmutigen Kriegern alleine bin und vielleicht von ihnen umgelegt werde – ich befinde mich auch so schon in der grünen Hölle! Was, wenn ich mich verletze? Würden sie mir überhaupt helfen?

Ich drehe mich kurz um, um unseren Weg zurückzuverfolgen. Die Idee, die Flucht zu ergreifen, tanzt mir wieder im Kopf herum – jetzt gleich! Aber mir wird klar, dass sie mich einholen und dann erst recht fesseln würden – oder sie lassen mich einfach laufen und ich verrecke im Gestrüpp des Dschungels, weil ich die Orientierung verliere. Meine Chancen stehen schlecht.

Um die Lage besser einschätzen zu können, versuche ich, die Stimmung aus ihren Gesichtern abzulesen, was mir nicht gelingt, weshalb ich ihnen mit meinem bescheidenen Wortschatz eine Frage stelle. Aber das Ergebnis ist niederschmetternd: Naroug bleibt stehen, stellt sich mir breitbeinig in den Weg und faucht mir vier, fünf Worte entgegen – dann geht er weiter und lässt mich wie einen dummen Jungen stehen.

Ich folge ihnen wie ein treuer Hund.

Nach einiger Zeit hören wir ein Zischen – sofort bleiben wir stehen. In diesem Moment spüre ich meinen Puls so stark, dass ich denke, Tano und Naroug würden meinen Herzschlag mithören können. Ich schaue mich vorsichtig um – nicht, dass ich noch auf einen Skorpion trete! Aber der Boden scheint einwandfrei zu sein. Tano weist mich an, mich hinzuhocken, bringt dann Pfeil und Bogen in Bereitschaft. Meinen Speer lege ich auf den Boden. Naroug späht aus seinem Versteck wie ein Indianer. Mir sitzt die Spannung wie ein Löwe im Nacken.

Wie Maulwürfe verkriechen wir uns in die Erde; es scheint, das dicke Grün reicht nicht für unsere Tarnung aus. Ich liege so flach auf dem Boden, dass ich schon die Erde schmecke. Bloß nicht laut atmen. Mit messerscharfen Blicken beobachtet Tano die Umgebung. Dann folgt ein Knacken.

Naroug bringt sich in Position. Schleichend, seine Waffe in Bereitschaft, stakst er Richtung Baum, dessen Stamm besonders breit ist. Langsam spannt er den Bogen, so weit, dass ich glaube, dass die Sehne reißt. Dann richtet er ihn auf sein Ziel ein – will er etwa den Baum erlegen? Dem reichen wohl die Einbäume aus dem Dorf nicht. Einen Baum fällen, mit Pfeil und Bogen!! Noch bevor ich selbst über meinen eigenen Witz lachen kann, saust der Pfeil lautlos durch die Luft und trifft tatsächlich den Baum! Vibrierend bohrt sich der Pfeil in einen Ast. Ich möchte jetzt wirklich loslachen, Naroug hat doch tatsächlich einen Ast getötet! Haha!

Doch dann liegt mit einem Mal eine geheimnisvolle Stille in der Luft. Ich kann es mir nicht erklären, aber es fühlt sich plötzlich an, als hätten wir den Atem des Waldes getötet – kein Insekt, kein Vogel, kein Wind ist zu hören, einfach nichts.

Dann ein Plumpsen. Wuchtig, immerfort, schwer, mit Knacken und Rascheln. Der Ast ist abgefallen.

Naroug geht die wenigen Schritte zum Baum, Tano folgt ihm. Nur ich watschele wie eine lahme Ente hinterher, erreiche als letzter das Ziel, schaue mir den auf dem Boden liegenden Ast an, stutze und schüttele mich. Das ist kein Ast – das ist eine Schlange! Eine riesengroße Schlange, die sich der Farbe des Baumes angepasst hat! Ein paarmal zuckt ihr Körper noch, windet sich. Glänzend blitzt die Zunge aus dem Maul hervor, vibriert. Dann bäumt sich das Tier leicht auf, bis der schwere Schädel auf den Boden saust – tot!

Leblos liegt der Körper vor uns, ein Tier, das ich in dieser Größe noch nie gesehen habe.

Nicht im Museum, nicht im Terrarium, nicht im Buch oder in einem Film. Angst und Ehrfurcht befallen mich; ich kann nicht sagen, was stärker ist. Dieses Monster ist unheimlich! Es könnte aus einem Horrorfilm stammen!

»Ton-Wa«, murmelt Naroug, zieht den Pfeil rasch aus dem Fleisch und reinigt ihn.

»Bontu!«, sagt Tano zu mir. Als ich voller Erwartung vor ihm stehe, zeigt er auf den Speer, den ich zurückgelassen habe. Wie ein Schuljunge hole ich ihn. Ich bekomme die

Anweisung, mit ihnen die Schlange um die Speere zu wickeln – ein Tier, das so viel wiegt wie ein Koffer!

Es ist Schwerstarbeit. Wir drei schnaufen ordentlich, als wir die Schlange herüberwuchten. Es sieht aus, als hätten wir lauter Autoreifen draufgetan. Noch dazu diese glitschige Haut! Dann heben die beiden die Fracht an, ich soll sie in der Mitte stützen. Ein Wunder, dass die Speere das überhaupt abkönnen!

Unser Heimweg ist trotz des freigeschlagenen Weges beschwerlich. Er ist keinesfalls so frei, wie man vermuten würde – vereinzelt scheint es, dass die Pflanzen inzwischen wieder nachgewachsen sind und sich die Lücken zu schließen beginnen. Noch dazu haben wir die Schlange im Gepäck, die mit jedem Schritt schwerer zu werden scheint. Warum muss sich dieses Tier auch so tief im Wald verstecken?

Wir machen eine Pause. Tano pflückt Früchte und isst sie gleich auf. Unzählige Pflanzen haben ihren Platz, den sie vermutlich seit Urzeiten ihr eigen nennen und den sie bis in alle Ewigkeit behalten werden – wenn nicht gerade jemand einen Einbaum daraus macht. Viele Bäume haben Luftwurzeln, die sie wie Tausendfüßler aussehen lassen. Palmenartige Gewächse, mit schaliger, behaarter Baumrinde ranken zwischen mächtigen Urbäumen. In einer Lichtung sehe ich einen Baum, der wie eine Giraffe aussieht: Sein Stamm liegt zunächst waagerecht über meterlangen, senkrechten Wurzeln, die wie Beine geformt sind. Dann macht der Stamm eine Biegung nach oben und teilt sich in drei Äste auf, die wiederum jeweils in drei kleine Baumkronen münden. Eine Giraffe mit drei

Köpfen? Ab und an durchwabert fauliger Geruch den Wald, der von der toten Schlange, vielleicht aber auch von den Pflanzen stammen könnte. Es ist ein schauriger Wald – ein Wald, der unsere Bedeutungslosigkeit vor Augen führt.

Naroug gibt das Zeichen zum Weitergehen. Wir stemmen die Beute hoch und folgen der Schneise. Aber mein Fuß beginnt zu jucken, was ich zu ignorieren versuche. Es gelingt mir nicht, und schon bald steigert sich das Jucken in ein starkes Pochen. Um mich abzulenken, denke ich mir Namen für die tote Schlange aus – und so scheint es, dass mich die Schlange eher hält als dass ich sie trage.

Ndugu

Wir erreichen das Dorf mit letzter Kraft; jedenfalls gilt das für meine Verfassung. Die von Tano und Naroug kann ich schwer beurteilen; einerseits machen sie noch immer den verbissenen Eindruck wie zum Beginn unserer Tour, andererseits lassen sie aber auch den Kopf etwas hängen.

Mit Schwung werfen wir die Schlange auf den Boden. Das Tier entrollt sich von selbst, wie ein Elefantenrüssel liegt es da, glänzt in der Sonne. Sofort kommen die Dorfbewohner zu uns, bestaunen die Beute und klopfen Naroug auf die Schulter. Manch einer hält sich aber auch schützend die Hand vor den Mund.

Kibo kommt. Zielgerade schreitet er auf Naroug zu, bleibt vor ihm stehen, umarmt ihn. Die beiden reden miteinander, dann aber erstarrt Naroug. In seinen Augen ist Entsetzen abzulesen. Langsam geht er einen Schritt zur Seite, schüttelt den Kopf und setzt sich auf den Boden.

Diesmal brauche ich nicht lange, um zu verstehen: Ndugu ist gestorben, während wir auf der Jagd waren! Ndugu ist der Bruder von Naroug, die beiden sind sich allerdings oft aus dem Weg gegangen.

Mit Wucht wirft Naroug einen Stein auf die Schlange, der von der elastischen Haut abprallt. Dann vergräbt er sein Gesicht tief in die Hände und schluchzt.

In diesem Augenblick verfalle ich der Idee, dass genau in jenem Moment, in dem wir die Schlange getötet hatten, auch Ndugu gestorben ist und beide Wesen ein gemeinsames Lebensband umschloss. Aber diese seltsame Theorie weicht einem viel schlimmeren, realistischeren Gedanken: Ndugu ist der zweite Todesfall seit meiner Ankunft, die erst kurze Zeit zurückliegt. Das könnte bedeuten, dass ich einen Virus oder Bazillus mit mir herumtrage, der mir zwar nichts anhaben kann, aber das Immunsystem der Ureinwohner schwächt … und wenn das wahr ist, werden weitere aus dieser Welt gehen … Und was das für mich bedeutet, möchte ich mir gar nicht ausmalen …

Ich humple durchs Dorf und erblicke wieder den Einbaum, den sie vor meiner Hütte bearbeitet hatten und der noch immer dort liegt. In ihm ruht – festlich geschmückt – Ndugu. Kalter Schauer rinnt mir den Rücken herunter. Zu dem Zeitpunkt, als sie den Einbaum ausschälten, lebte Ndugu noch! Wussten die etwa, dass Ndugu bald gehen würde? Und warum bauten sie ihn ausgerechnet vor meiner Hütte?

Doch ich denke darüber nicht weiter nach, nehme stattdessen an der feierlichen Verabschiedung teil. Es passiert das Gleiche wie mit Sita: Mugambi verneigt sich, Ndugu wird nachts im Einbaum zu Wasser gelassen und verschwindet im Meer. Mystischer Gesang begleitet ihn. Mit schwenkenden Fackeln kehren wir schließlich ins Dorf zurück.

Doch der Schmerz in meinem Fuß wird stärker. In Intervallen arbeitet er sich bis in die Wade hoch, auch die Schwellung am Zeh sieht böse aus. Als ich draufdrücke, schießt mir der Stich sogar bis ins Knie! Dass die Haut einen dunklen Fleck hat, macht es nicht besser.

Ich humple zu Mugambi, der erschrocken die Augenbrauen hochzieht. Sofort beordert er mich auf eine Matte, kramt eine scharfkantige Muschel hervor, schneidet, nachdem er mir ein Stück Holz zwischen die Zähne gesteckt hat, die Schwellung auf, weshalb ich ihm eine scheuern könnte! Der Fuß brennt höllisch, was sich sogar noch steigert, als er ihn mit einem getränkten Lappen umwickelt. Dann lässt er mich allein. Ich soll warten, sagt er mir noch, und es wird dauern. So sitze ich in seiner Hütte, versuche, die Stiche im Fuß zu ignorieren, indem ich mich in Gedanken verliere.

Ich denke an Feuerbaum, den ich jetzt gerne wieder an meiner Seite hätte. Ich weiß, es ist ein Widerspruch, aber ich habe das Gefühl, ja sogar den Wunsch, dass er doch überlebt hat und eines Tages auch an diese Insel gespült wird. Was für ein Wahnsinn! Ich denke an die Konrad Lorenz, an Lucy, dann an Vepirr, an den Wald – und damit kommt mir ein flachgewachsener Baum in den Sinn, dessen Äste wie tanzende Schlangen in die Luft ragen.

Dieser Wald ist wirklich unheimlich.

Der Angriff

Es dauert Tage, bis ich einigermaßen wieder laufen kann. Und selbst nach diesen Tagen mahnt mich noch ein dumpfer Schmerz, vorsichtig zu sein. Eine längere Wanderung kann ich mir vorerst abschminken, eine Flucht sowieso.

Ich spreche mit Kibo, der die Todesnachricht von Ndugu überbracht hat. Oft schon habe ich ihn am Feuer oder am Strand sitzen sehen. Wenn er dann so vor sich hin grübelt, denke ich, er könne mit den Elementen der Erde kommunizieren. Bemerkt er seinen Beobachter, fühlt er sich dabei aber keineswegs ertappt, sondern schaut einen lange an. Kibo ruht in sich. Wahrscheinlich ist er der Intelligenteste von allen.

Er erzählt mir, dass das Dorf sehr alt sei und schon viele Generationen hier gelebt hätten. Aber ich habe den Eindruck, dass er mir etwas verschweigt. Frage ich ihn nach Einzelheiten, weicht er mir aus oder mimt den Unwissenden. Stattdessen erzählt er mir etwas von einem Turm – vielleicht meint er auch eine steinerne Höhle?

Unser Gespräch wird vom Erscheinen einer Frau unterbrochen, die in großer Statur und im prächtigen Gewand an uns vorbeiläuft. Langsam schreitet sie durchs Dorf, schaut bedächtig umher, verweilt einen Moment und geht schließlich wieder weg.

»Pan-Thera! Ulam-Bonta Pan-Pan«, sagt Kibo und senkt kaum merklich den Kopf. Ein Berg im Wald? Meine Vermutung wird bestätigt: Diese Frau heißt Pan-

Thera, lebt allein auf einem Berg – und ist die Gattin Pan-Pans.

Doch das will mir nicht in den Kopf: Die Gattin des Häuptlings lebt abseits vom Dorf? Hat sie etwas verbrochen? Und wo ist dieser Berg überhaupt?

Auf einmal geht ein Aufschrei durchs Dorf, der mich bis ins Mark erzittern lässt. Frauen stürmen zur Hütte Pan-Pans, im Schlepptau die Männer mit den Kindern, die regelrecht weggezerrt werden müssen. Panik! Geschrei! Alle rennen zur Hütte, stauen sich vor dem Eingang, der auf einmal viel zu klein erscheint. Was ist los?

Kibo reißt mich aus meiner Lethargie, zieht mich ebenfalls zu Pan-Pans Hütte. Ich frage nicht nach dem Grund, sondern nehme, so gut ich kann, die Beine unter den Arm.

Wir erreichen Pans-Pans Bleibe, hastig werden Fenster und Türen verriegelt – jetzt kommt niemand mehr herein. Die Hütte ist vollkommen überfüllt, nur wenigen ist ein Sitzplatz vergönnt. Die meisten stehen irgendwo eingeklemmt, halten sich an etwas fest. Pan-Pan wartet nicht lange und ruft etwas in die Menge, aber lediglich ein paar Namen kommen bei mir an.

Wasserkübel und Lappen werden nun verteilt. Naroug, Tatu und Tano verschanzen sich vor den verschlossenen Fenstern und Türen. Mit Knüppeln und Tüchern bewaffnet harren sie aus, als erwarten sie den Angriff wildgewordener Ungeheuer.

Nur wenige Sekunden später spüre ich die Luft vibrieren. Ein tiefes Brummen nähert sich, ein Ton, der sich bis auf die Lungen legt und dort verharrt. Was ist das?

Die anderen scheinen es zu wissen, stumm und voller Demut blicken sie auf die Bodenbretter.

Nicht lange, und das Brummen hat uns vollends umschlossen. Wir sind umzingelt, vermeintlich geschützt in einer Holzhütte auf Pfählen, die mir mehr als zuvor wie ein Papierhaus erscheint. Der letzte Lichtstrahl, der sich bisher noch durch einen Schlitz geschummelt hat, erstirbt. Ich wage kaum, Luft zu holen, da das Brummen noch stärker wird. Oft schlägt etwas gegen die Außenwand oder streift die Hütte ... ist das ein Sturm?

Naroug und Tano pressen nasse Tücher an die Ritzen der Wand, ein anderer stützt sie dabei. Sie rufen, während Pan-Pan vor seinem Thron steht und die Übersicht zu behalten versucht. Da merke ich, dass die Kinder weg sind ... wo sind die denn hin? Doch ein Knall reißt mich aus den Gedanken, weil jemand gegen den Pfosten schlägt. Dann bewegt sich etwas hinter mir. Ich reiße meinen Arm nach hinten, fasse in eine behaarte Traube, die ... sich ... bewegt! Aus dem Reflex heraus zerdrücke ich sie, schaue mir die Traube an, so gut das geht.

Mir stockt der Atem: Das ist keine Traube, sondern eine große Fliege mit stacheligen Haaren! Angewidert werfe ich das Tier weg, das jedoch an meiner Hand klebenbleibt. Instinktiv tauche ich die Hand in den Wasserbottich, worauf sich das Biest endlich von ihr ablöst und als großer, schwarzer Fleck versinkt.

W i r   w e r d e n   v o n   I n s e k t e n   a n g e g r i f f e n ! !

Dann ein Scheppern – Naroug und Tano haben so heftig um sich geschlagen, dass nun doch ein Pfahl wegbricht. Ein Regal fällt um, Kinder schreien ... da sind sie also – sie hatten sich nur versteckt! Das knarrende Geräusch, das sich durchs Gebälk bahnt, krallt sich in meinem Nacken fest … stürzt jetzt etwa die Hütte ein?! Zwei Männer versuchen, den Pfahl zu richten. Doch nun kommen die Bestien zu mehreren herein, verteilen sich auf Wände, Streben – und auf uns! Jeder hält sich den getränkten Lappen ins Gesicht, wickelt ihn herum, damit sie nicht in Mund und Ohren kriechen! Auch ich presse mir den stinkenden Wisch auf die Lippen, blinzle etwas, um nicht ganz die Orientierung zu verlieren. Pan-Pan wedelt Rauchwolken zu uns herüber. Murmelnde Worte entweichen dabei seinen Lippen, schließlich hält auch er sich einen Lappen vors Gesicht.

Es dauert nicht lange, und die Biester haben sich tatsächlich in großer Stückzahl in der Hütte verteilt; mein Nackentier muss so etwas wie eine Vorkundschaft gewesen sein. Eine ganze Armee braust um uns herum … der Lärm ist unerträglich, und die Angst schraubt sich hoch.

Dann geschieht das Unvermeidliche: Sie kriechen unter die Kleidung, kratzen und beißen! Mit der freien Hand erschlagen wir sie, zertreten sie auf dem Boden, so das überhaupt geht. Am liebsten möchte ich hinausrennen, aber draußen würde ich wahrscheinlich gleich ganz aufgefressen werden. Es gibt nur eine Möglichkeit: Hier drinnen zu bleiben und abzuwarten!

Just lässt jemand seinen Lappen fallen. Die Biester greifen sein Gesicht an … die ganze Masse stopft sich in den Mund, lässt den armen Mann auf die Knie sinken, der hustet, würgt, sich windet! Zwei versuchen, die Insekten wegzujagen, halten sich dabei noch ihren eigenen Lappen krampfhaft vors Gesicht. Es ist nicht zu ertragen … aber wie kann man helfen? In dieser Enge?

Pan-Pan legt kurze Zeit seinen eigenen Lappen weg, saugt wie ein Süchtiger an der Pfeife und pustet danach mit aller Kraft weitere Rauchwolken zu uns herüber, diesmal erheblich größere. Einige schieben, so gut sie können, den Qualm voran, verteilen ihn in der Hütte – dann geschieht das Wunder: Die Insekten fliegen hoch! Ein paar klatschen gegen die Wand, verirren sich, aber die meisten fliegen ins Freie – und flüchten!

Vom Erfolg überzeugt bläst der Häuptling weiteren Rauch in die Menge. Aber der Rauch ist in dieser Menge so aggressiv, dass ich mir am liebsten einen zweiten Lappen vors Gesicht halten möchte. Den Hustenreiz unterdrücke ich mit letzter Kraft und auch die anderen keuchen, als würden sich Ameisen durch ihre Luftröhren fressen.

Man öffnet Türen und Fenster, sodass die Plage schneller entweichen kann. Frische Luft strömt in die Hütte, endlich! Langsam erhellt sich der Himmel und das Gebrumme ebbt ab. Ich schaue hinterher: Eine schwarze Wolke zieht wie ein Vogelschwarm zum Himmel, die Insekten verschwinden. Eine Ruhe liegt jetzt im Dorf, die kaum zu ertragen ist; so sehr hat man sich inzwischen an das Geräusch gewöhnt.

Erleichtert setze ich mich auf den Boden, draußen, der mit vielen dieser toten Insekten übersät ist. Entweder sind sie am Rauch erstickt oder an Steinen und Bambuswänden zerschlagen. Wahrscheinlich hat sie der austretende Rauch verwirrt, vergiftet. Ich schaue sie mir genauer an, die tatsächlich die Größe von Trauben haben, behaart und stachelig sind. Kleine Zombies mit messerscharfen Fresswerkzeugen! Woher kommen die bloß – und wofür sind sie überhaupt gut?

Ich gehe ein paar Schritte, um das Gefühl der Freiheit wiederzubekommen. Kaum hat sich mein Puls beruhigt, überkommen mich Fragen. Wenn die Leute diese Plage hier kennen, warum haben sie sich nicht besser darauf vorbereitet? Dass sie sie kannten, konnte man deutlich spüren. Offenbar hat Pan-Pans Rauch die Insekten vertrieben, warum also haben sie nicht gleich einen ganzen Kessel mit Rauch dafür benutzt? Und warum hat nicht jeder so eine Pfeife, um sich zu schützen? Das ist doch alles eine Farce! Hat das vielleicht damit etwas zu tun, dass der Rauch in großer Menge auch für uns Menschen tödlich ist? Dass die Pfeife grundsätzlich nur dem Häuptling zusteht?

Zeit, sich zu besinnen, bleibt erst mal nicht, denn die Sonne steht bald im Zenit und lässt die toten Insekten schmoren. Schon jetzt fangen die schwarzen Biester zu stinken an. Überall kleben sie, an Hütten und Bäumen, sogar an meiner Metallfläche ist die schwarze Substanz zu sehen. Abertausende! Ich greife mir ein Bündel Blätter und fege die Insekten zu einigen Haufen zusammen. Mugambi schaufelt alles in Behälter und bringt diese in seine Hütte.

Ich folge ihm, weil ich wissen will, was er damit macht. Als ich ihn frage, grinst er nur. Er zündet ein Feuer, vermischt die Insekten mit Wasser, gießt etwas hinzu und lässt alles brodeln. Schon bald ahne ich, was er da zusammenkocht: Ich habe meine Vokabeln mit dem Saft toter Insekten geschrieben …

Als ich Mugambis Hütte verlasse, empfängt mich Kibo, der wieder eine Nachricht überbringen will. Ihm ist anzusehen, dass es ihm an die Nieren geht, immer wieder höre ich »Pan-Pan«! Lebt der Alte jetzt etwa auch nicht mehr? Der hatte doch schließlich die Pfeife – er kann doch gar nicht tot sein!

Bald aber kann ich mehr heraushören. Es ist keiner von uns, der uns verlassen hat, jedenfalls nicht im eigentlichen Sinne. Er trägt Federn, genau wie Pan-Pan, nur mit dem Unterschied, dass sie ihm wirklich gehören.

Vepirr ist gestorben!

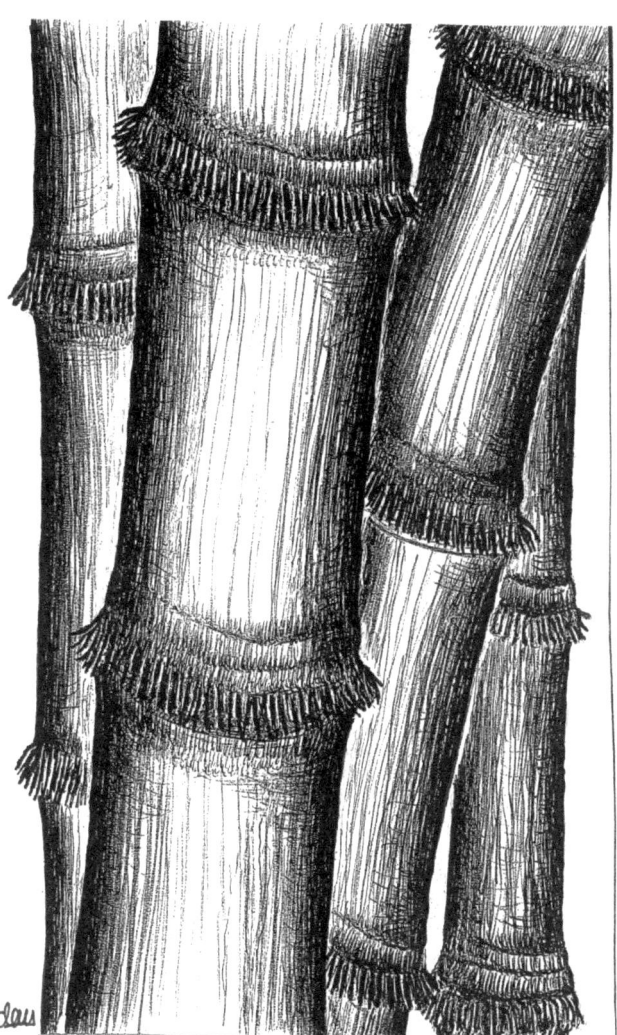

Das Geschenk

Am nächsten Morgen lasse ich den Angriff noch einmal Revue passieren. Der gestrige Tag war eine Katastrophe … Herrgott, Vepirr ist tot! Mein Retter, mein Freund! Wie konnte das passieren? Er hätte doch wegfliegen können!

Ich gehe hinaus, schaue in den Himmel. Er ist so klar, als hätte es die Insekten nie gegeben. Im ganzen Wald herrscht Frieden, aber diese Bestien gehen mir nicht mehr aus dem Kopf.

Wieder wird mir klar: Ich muss hier weg!

Ich gehe zur Metallfläche, die noch immer von den Resten der Insekten beschmutzt ist und damit gefährlicher denn je aussieht. Sogar ich bekomme jetzt Angst vor ihr.

Ich … muss … hier … weg!

Ich beschließe, den nächsten nächtlichen Regen abzuwarten. Bei dem prasselnden Geräusch wird der Krach, den die Metallfläche beim Tragen zwangsläufig erzeugt, kaum jemandem auffallen. Probehalber gehe ich schon mal den Weg zum Strand und präge mir Wurzeln und Unebenheiten ein, um später in der Nacht nicht zu stürzen. Am Strand schaue ich mir die Strömung an, um die Fahrtrichtung wenigstens fürs Erste einschätzen zu können. Morgen werde ich noch weitere Früchte pflücken und im Sand vergraben. Und dann soll es losgehen.

Von diesem Plan überzeugt gehe ich die Schritte zum Dorf zurück, setze mich wieder vor die Metallfläche.

Wie ein Geist schleicht sich aber plötzlich Feuerbaum in mein Gedächtnis zurück, als wollte er mich vor etwas warnen …

»Bei mir wäre das alles ganz anders gelaufen!«, sagt er, als säße er tatsächlich neben mir.

Meine Frage, wie, beantwortet er sofort: »Ich hätte Leinwände gespannt, Bretter, Tücher – was auch immer –, ich hätte sie mit Leim eingeschmiert; die Insekten wären uns dann buchstäblich auf den Leim gegangen! Ganz einfach!«

Aber da macht er es sich zu einfach. »Wie viele Flächen hätten Sie denn bei diesen Riesenmengen aufgestellt?«, frage ich ihn. »Nein, das hätte es auch nicht gebracht.«

»Das ist ja auch Ihr Problem, Forrest! Sie sind nicht kreativ genug! Sie sitzen nur da, warten und beobachten. Man muss aber etwas tun!«

»Ach so? Und die Ureinwohner – sind die nicht kreativ? Tun die nichts? Die müssen es doch am besten wissen, wie man mit den Insekten umgeht! Ist schon klar, was Sie mir wieder sagen wollen: Alle hier sind dumm, nur Käpt'n Feuerbaum nicht, der ist oberschlau!«

Mein Gegenüber verdreht die Augen.

»Zu schade, dass in den Kisten keine Medizin war, nicht wahr?«, stichele ich. »Und zu schade, dass – wenn die Kisten mit Medizin gefüllt gewesen wären – sie hier nicht angespült wurden. Dann könnten wir hier nämlich alle verarzten, Sita und Ndugu wären dann vielleicht noch am Leben!«

»Forrest, ich sagte es neulich schon: Seien Sie vorsichtig! Sie unterstellen mir wieder etwas!«

Ich belasse es dabei, habe keine Lust, weiter darüber zu diskutieren. Ich bin zu müde dafür, und letztlich liegt der Absturz schon längere Zeit zurück. Schweigend sitzen wir am Baum, schauen aufs Meer, lassen die Zeit verstreichen.

Nach einer Weile aber meldet sich Feuerbaum doch wieder zu Wort: »Forrest, bevor ich jetzt gehe, muss ich Ihnen noch etwas sagen.«

Ich schaue ihn fragend an. Was das denn sei, brennt auf meinen Lippen …

»Stellen Sie sich die Flucht mit der Metallfläche nicht so einfach vor. Sie hatten zwar bis jetzt Glück gehabt, aber ob das Schicksal es ein zweites Mal gut mit Ihnen meint, ist anzuzweifeln. Der Absturz, die aufgewühlte See, die Haie … man soll es nicht herausfordern. Denken Sie nur an das Schicksal meiner Familie!«

Er meint das Foto im Cockpit …

»Wenn Sie ein zweites Mal in See stechen, müssen Sie nicht nur Proviant mitnehmen, sondern auch Waffen! Ein zweites Mal kommen Sie nicht so glimpflich mit den Haien davon. Sie müssen kämpfen! Und Sie müssen bereit sein, dem Tod noch einmal ins Auge zu sehen!«

»Waffen, Proviant, ich selbst – was soll denn diese Metallfläche noch alles tragen? Das geht doch eh schnell über Bord!«

»Die Alternative ist, hierzubleiben. Aber dieser Naroug wird Sie auf ewig tyrannisieren! Und die Insekten werden Sie eines Tages auffressen! Sie müssen sich entscheiden, und ich sage Ihnen: Es wird nicht leicht – so oder so!«

Ich blinzle in die Sonne, während der Wind durch meine

verfilzten Haare fährt … das Gespräch mit Feuerbaum, hier und jetzt – es war nur meine Fantasie … und doch ist es in einer gewissen Weise wahr …

Zu allem Übel kommt jetzt noch Naroug zu mir. Der ist der Letzte, den ich jetzt gebrauchen kann! Aus dem Reflex heraus weiche ich zurück – steht wieder mal eine Prügelei an?

Doch Naroug beschwichtigt mich mit Gesten, zum ersten Mal erlebe ich ihn sogar in Demut. Ich traue meinen Augen kaum, als er vor mir stehenbleibt, die Hände faltet und sich vor mir langsam verneigt, schließlich sogar meine Reaktion abwartet. Eine Weile halte ich inne – nicht, dass das noch eine Falle ist …

Aber dann fällt mir der Tod seines Bruders ein, der nicht spurlos an ihm vorbeigegangen sein kann. Zu gut habe ich noch das Bild im Kopf, als Naroug schluchzte. Schließlich wird vielleicht auch der Insektenangriff sein Übriges getan haben, um aus ihm einen zumindest übergangsweise milderen Menschen gemacht zu haben.

Es dauert, bis ich merke, dass ich auserwählt bin, für ihn eine Frucht vom Baum zu pflücken. Meine Begeisterung hält sich in Grenzen … warum pflückt er sie sich nicht selbst? Doch mein Schmollen kommt nicht gut an, Naroug schiebt mich sanft zum Baum, dessen Rinde ich mit innerem Protest prüfe, während ich ein Seil auf den Rücken geworfen bekomme. Warum ich das über mich ergehen lasse, lässt sich nur mit einer gewissen Art von Überlebenswillen erklären, mit Kompromissbereitschaft vielleicht. Wie ein Äffchen kralle ich mich fest, halte das Seil zwischen den Zähnen, ziehe mich an der Rinde hoch. Mit Mühe erreiche ich die erste Astgabelung und ruhe mich dort kurz aus. Dann erklimme ich den nächsten Ast, rutsche dabei fast aus, werfe das Seil nach oben und ziehe mich daran mit letzter Kraft zur Frucht.

Sie sieht wie ein Uhrenpendel aus, um dessen Kegel sich ein Blatt wie ein hochgeschlagener Mantelkragen zieht. Ich greife nach ihr, erfasse sie aber erst beim dritten Mal, reiße sie ab und werfe sie Naroug zu, der mich gleich herunterwinkt. Erleichtert hangele ich mich am vertäuten Seil nach unten. Und wofür das alles?

Naroug prüft die Frucht an allen Seiten und überreicht mir sein Messer. Aber er gibt es mir nicht etwa, damit ich die Frucht aufschneide, sondern er überreicht es mir als Geschenk.

»Tsahom Tra-lan-doa!«, sagt er zu mir – und ich werde bleich vor Erstaunen. Mein ärgster Feind schenkt mir seine Waffe? ... das ist doch eine Falle!

Trotz Skepsis nehme ich das Messer an, erwarte aber jede Sekunde einen Fausthieb von ihm – doch Naroug steht ganz friedlich da und lächelt. Er ist verwandelt. Er ist lammfromm.

Aus den nächsten Worten Narougs höre ich heraus, dass ich jetzt im Stamm aufgenommen sei. Das Klettern und Pflücken wäre eine Probe gewesen, die ich bestanden hätte, sagt er. Ich kneife mir in den Arm, um mich der Realität zu vergewissern – es *ist* real. Beschwingt sehe ich Naroug ins Dorf zurückschlendern, während ich mit dem Messer in der Hand herumstehe.

Am nächsten Morgen weckt mich Kigoma. Pan-Pan will

mich sofort sprechen, sagt er. Ich ahne nichts Gutes – bisher waren die Begegnungen mit ihm nicht sonderlich erbauend. Müde richte ich mich auf und schlurfe Kigoma hinterher.

Der Häuptling erwartet mich schon in der Hütte. Mit überkreuzten Armen schaut er mich an, als hätte ich etwas ausgefressen. Dann zeigt er auf mein neues Messer, das ich bei mir trage. »Ta-Wam?«, fragt er.

»Sala«, erwidere ich und ergänze: »Naroug.«

Pan-Pan zeigt keine Regung. Die Stille im Raum reißt mich dann zu einer Erklärung hin: »Naroug … Tra-landoa … Ulambre …«, versuche ich, den Besitzwechsel der Waffe zu erklären.

Pan-Pan nickt unmerklich – für einen Augenblick meine ich sogar, ich hätte mir seine Kopfbewegung nur eingebildet. Dann nippt er an seiner Pfeife; gerade noch kann ich den Würgereiz unterdrücken. Pan-Pan winkt mich hinaus.

Wir gehen um seine Hütte herum, laufen ein paar Meter und bleiben vor meiner Metallfläche stehen. Mir wird klar, dass ich hier meine Flucht vorbereitet habe: Die vergrabenen Früchte … hat man sie jetzt etwa entdeckt und stellt mich deshalb zur Rede?

Der Häuptling positioniert sich unmittelbar davor und sagt: »Tra-lan-doa Kipawa Ta-Wam Pan-Pan!«

Ich überlege, ob ich ihn richtig verstanden habe, frage ihn, ob er es wirklich so meint, was mir ein entschlossenes Nicken einbringt. Meine Metallfläche?!

Mit Mühe erkläre ich ihm, was mir dieses Teil bedeutet. Aber er wartet nur, bis ich fertig bin, um mir schließlich ein energisches »Kipawa!« entgegenzuschleudern.

Es führt kein Weg daran vorbei: Messer bekommen, Metallfläche abgeben – so einfach ist das! Dass ich mir das Messer durch Klettern erarbeitet habe, spielt offenbar keine Rolle. Aber warum will der Alte ausgerechnet die Metallfläche geschenkt haben? Der weiß doch nicht einmal, dass das Teil von einem Flugzeug stammt, geschweige denn, was das überhaupt ist!

Warum sollte er sie also jetzt begehren, wenn sie allen anfangs Angst machte … denkt er, damit noch mehr Macht zu bekommen?

Ich versuche, die Sache diplomatisch zu regeln, schlage vor, dass wir die Metallfläche zusammen besitzen könnten. Doch Kigoma gibt mir zu verstehen, mit dem Diskutieren aufzuhören, was ich nicht einsehen will.

Aber es ist sinnlos. Ich senke den Blick, versuche, mich mit der Situation zu arrangieren. Langsam lasse ich meine Hand an der Metallfläche hinabgleiten, und so wechselt mit Wehmut der Eigentümer des letzten Teils der Konrad Lorenz.

Und das alles wegen einer Frucht!

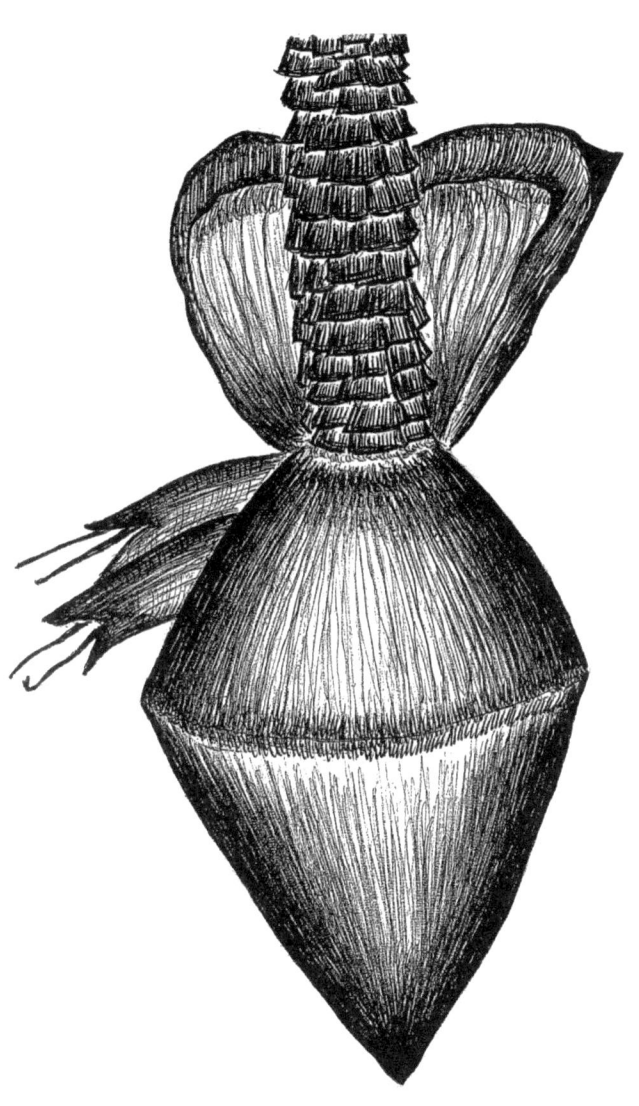

Der Aufbruch

Am nächsten Tag kommt Mugambi zu mir und überschlägt sich fast mit Worten. Er ist aufgeregt und fuchtelt mit den Händen in der Luft herum. Was ist passiert? Bekomme ich etwa doch meine Metallfläche zurück? Es dauert lange, bis ich aus seinen Worten etwas heraushören kann. Etwas Eigenartiges ist geschehen. Malindi, Kibaja und noch weitere, vielleicht zehn oder zwölf Namen nennt er mir, »Bontaka-Bu« – meine Güte, was ist denn los?

Wieder sind welche in Einbäume gelegt und verabschiedet worden. Aber gleich so viele auf einmal? Hört das denn nie auf? Was ist das bloß für eine Insel?

Doch Mugambi versucht, mich zu besänftigen. Sie seien alle mit dem Boot gefahren, sagt er. Ja, natürlich, das war bei den anderen auch so. Aber je länger er davon erzählt, desto eigenartiger wird es: Die Männer, Frauen und Kinder sind nicht gestorben. Es ist viel schlimmer: Sie sind geflüchtet!

Es folgt eine Versammlung auf dem Dorfplatz. Pan-Pan ist wieder sehr geschmückt: Überall hängen Federn an seinem Körper, der Kopf ist mit goldener und schwarzer Farbe bemalt und in der Hand hält er einen verzierten Speer. Natürlich raucht er wieder seine Pfeife, die er wahrscheinlich auch während der Nachtruhe nicht weglegen kann. Auf sein Signal hin setzen sich alle im Gleichklang hin. Äste knacken unter ihnen und ein Windhauch löst die erste Feder von Pan-Pans Kopfschmuck.

Pan-Pan hält eine Rede. Sie ist lang – ich hätte nie gedacht, dass diese Sprache noch so viel mehr Worte bereithält, noch dazu, dass der Häuptling von dieser Menge auch Gebrauch macht. Vielleicht liegt es daran, dass der Sprachschatz hier ohnehin aus verschiedenen Ebenen besteht. Die Zuhörer nicken, blicken schweigend zur Erde – deutlich ist die Ernsthaftigkeit zu spüren, die sie durchdringt. Nach einer Weile spricht der Häuptling weiter, wieder entschlossen und ernst. Alle scheinen seinen Entschluss zu billigen – wie in Trance stehen sie auf, schauen zum Himmel und rufen »Ulam-Bonta!«, der Berg Pan-Theras, jener Frau, die sich nur selten im Dorf blicken lässt und die angeblich die Gattin des Häuptlings sein soll.

Ich habe nur einen Teil davon verstanden. Vielleicht steht eine Gottesbeschwörung an, vielleicht der Weltuntergang – wer weiß. Vielleicht fürchten sie auch eine Riesenwelle, vor der sie sich in Sicherheit bringen müssten. Und in der Tat: Der Berg scheint dafür dann der richtige Ort zu sein.

Emsig werden kleine Werkzeuge, Proviant und anderer Kleinkram zusammengepackt.

Pan-Pan lässt packen, er selbst krümmt dafür keinen Finger. »Bontat«, höre ich immer wieder, »Wakati umefika«.

Ich erspare Mugambi Fragen, suche mir lieber auch einen Lederbeutel, den ich zu einem Rucksack umfunktioniere und ihn mit Essbarem und meinem Messer fülle. Ich bin sehr aufgeregt, greife öfter mal daneben. Was wird passieren?

Eine halbe Stunde später setzt sich der Trupp in Bewegung. Unser Weg führt uns zunächst am Strand entlang, vorbei an jener Stelle, an der ich seinerzeit gefesselt aufwachte. Das Sonnenlicht lässt die Wellen in vielen Farben glitzern, auch der Sand steht in dem nur wenig nach.

Als wir an dem großen Felsen vorbeikommen, sind die Knochen verschwunden, die mich seinerzeit so erschreckt haben. Wahrscheinlich hat sie das Meer weggespült. An einem großen, verschlungenen Baum biegen wir in den Wald ab – jetzt haben wir den Strand endgültig hinter uns gelassen und verschwinden im Dunkel des Dickichts. Inzwischen laufe ich in der Mitte der Gruppe. Niemand spricht ein Wort – alle gehen schweigend durch den Dschungel, nur das Knacken und Knirschen unter den Füßen ist zu hören, ab und an auch ein Vogel oder der Wind, der die Baumkronen tanzen lässt. Und je länger wir laufen, desto mehr fällt mir auf, dass der Weg gar nicht zugewachsen ist wie im Wald, in dem wir die Schlange aufgespürt hatten.

Nach längerem Fußmarsch stehen wir vor einer Felswand, so groß wie ein Haus. Pan-Pan führt uns an ihr vorbei, wir stoßen auf eine Steintreppe. Ich wage gar nicht, darüber nachzudenken, wer die wann gebaut hat – es können ja nur diese Ureinwohner oder deren Vorfahren gewesen sein. Wirklich vertrauenserweckend ist sie aber wegen ihrer schiefen Stufen nicht.

Langsam besteigen wir die Treppe im Gänsemarsch. Ganz klar, wir erklimmen den Berg von Pan-Thera. Sie muss diese Treppe genommen haben, anders wäre sie nicht so schnell ins Dorf gekommen.

Dann streift uns ein bunter Vogel, zieht einen Bogen zurück und landet vor uns auf einem Ast. Neugierig beobachtet er uns, die wir plötzlich alle stehenbleiben, ihn anschauen, sich verneigen. Vepirr! Natürlich gibt es mehrere Exemplare davon! Wie konnte ich bloß glauben, dass es nur einen einzigen davon gibt?

Wir gehen weiter – Stufe für Stufe, weiter, höher. Allmählich meine ich, die Luft würde dünner werden, doch dann kommen wir endlich oben an.

Erschöpft setze ich mich ins Gras, nehme nur vage die Umgebung wahr. Hinter uns fällt der Berg mit üppigem Bewuchs ab. Man könnte meinen, die Pflanzen fressen hier die ganze Insel auf. Drehe ich mich um, sehe ich einen Felsen … und Ruinen! Kleine Reste aus Stein, die mahnend zum Himmel zeigen – seht her, uns gibt es noch! Dazwischen liegen verfallene Gassen, weiter hinten lassen Umrisse auf einen ehemaligen Tempel schließen. Dann entdecke ich Steinköpfe, Skulpturen, die zur Treppe schauen, die wir hinaufgegangen sind.

Das muss alles von einer uralten Kultur geschaffen worden sein, vor Jahrtausenden! Mir wird klar, dass es schon lange vor uns Menschen gegeben hat, mit ähnlichen Gedanken und Gefühlen. Doch ich vermag mir nicht zu erklären, warum die Ureinwohner nicht ständig hier oben leben. Sie hätten doch aus den Ruinen wieder richtige Häuser zimmern können – stattdessen hausen sie unten in Holzhütten.

Der Häuptling geht bedächtig zu dem Torbogen, dem sich ein großes Gebäude anschließt. Das Tor protzt mit

Ornamenten: Oben ist ein Kreis eingemeißelt, vielleicht eine Sonnenuhr, links und rechts werden Pflanzen angedeutet. Aber das Wetter hat dem Gestein schon zu arg zugesetzt, als dass sie näher beschrieben werden könnten. Dazwischen Umrisse von Vepirr!

Vor dem Tor stößt Pan-Pan seinen Speer in die Erde, so als würden wir wieder einen Einbaum auf die Reise schicken. Dann ruft er: »Pan-Thera … Tutume!«

Wer ist Tutume?

Tatsächlich erscheint Pan-Thera. Wie eine Heilige steht sie im offenen Tor und schaut auf uns herab. Groß wirkt sie, in sich ruhend. Alle verneigen sich, auch Pan-Pan. Vielleicht zehn Sekunden verharren wir – dann richten sich alle wieder auf, auch Pan-Pan, der am tiefsten die Demutshaltung aushielt. Offenbar ist Pan-Thera doch nicht seine Frau, sondern eher eine Königin, die sich hier oben zurückzieht und über Pan-Pan steht …

Mit ruhigen Schritten schreitet sie die kleinen Stufen zu uns herunter, bleibt stehen, wechselt mit Pan-Pan ein paar Worte, der auf einmal wie ein Winzling wirkt – ein rauchender, herrischer Zwerg, dessen Macht zu schrumpfen scheint! Es amüsiert mich zu sehen, wie er zu ihr aufschauen muss. Dann dreht sich Pan-Thera um und geht zum Tempel zurück. Alle schauen der Frau ehrfürchtig nach, die sich in der Dunkelheit des Tores verliert.

Jetzt juckt es mich doch, dieser Frau hinterherzulaufen und sie anzusprechen. Ohne lange zu überlegen, gehe ich – erst langsam, dann entschlossener – zum Tor, spüre dabei die Blicke der anderen bis in die kleinsten Knochen. Wie kann es sich dieses Greenhorn herausnehmen, als einziger Pan-Thera hinterherzulaufen?

Als ich den ersten Schritt auf die Stufe setze, durchfährt mich ein strenges: »N o d o !!«

Ich bleibe stehen – eine unergründliche Macht lässt mich umdrehen und kehrtmachen, führt mich die Stufen wieder herunter, bis ich direkt vor Pan-Pan stehe. Hypnotisiert er mich etwa? Aber was will denn der kleine Häuptling von mir? Fühlt er sich etwa übergangen?

Wir stehen uns gegenüber, keine dreißig Zentimeter trennen uns. Aber ich bin außerstande, auch nur eine Silbe in seiner Sprache über die Lippen zu bringen. Dann hebt Pan-Pan sein Kinn und sagt energisch: »Bontat! Kutoweka!«

Weggehen – das kann nicht sein Ernst sein! Ich, dem Vepirr zugetan war, soll verschwinden? Ich antworte mit »Tra-lan-doa … Vepirr!«, worauf der Häuptling tatsächlich mit der Wimper zuckt. Schließlich schleudere ich ihm ebenfalls ein energisches »Nodo!« entgegen und lasse ihn wie einen kleinen Jungen stehen. Ich weiß, er möchte, dass ich vor ihm auf die Knie falle – aber spätestens seit Pan-Theras Auftritt hier oben weiß ich, dass mir dieser Mann nicht mehr das Wasser reichen kann. Und mir wird klar, dass ich mich zum ersten Mal erfolgreich gegen diesen Dämon gewehrt habe.

Mugambi kommt zu mir und gibt mir zu verstehen, dass ich einen Fehler gemacht habe. Ich hätte mich Pan-Pan nicht widersetzen sollen, sagt er. Aber er erklärt mir noch etwas anderes: Heute Nacht wird ein Fest steigen. Alle verbringen die Nacht hier oben, direkt vor dem Tempel.

Pan-Thera wird nicht daran teilnehmen, sie bleibt drinnen, beobachtet uns vielleicht.

Das Fest wird die ganze Nacht dauern. Es sei am besten, das nicht zu hinterfragen, sondern einfach nur mitzumachen, egal, was eben vorgefallen war. Vielleicht sollte ich aber Pan-Pan meiden, rät er mir.

Dann schaut mich Mugambi lange an, schluckt, als hätte er einen Kloß im Hals, fasst mir freundschaftlich an den Arm und sagt: Ich solle mich nicht über den nächsten Morgen wundern. Ich würde etwas Neues erleben, und ich solle warten! Mehr dürfe er mir nicht verraten.

Mugambi steht dann auf und schreitet zu den anderen, die bereits ein Lagerfeuer vorbereiten. Ich sitze da und schwimme in mir selbst … ich soll mich nicht über den nächsten Morgen wundern … was soll das bedeuten?

Um nicht in Grübeleien zu verfallen, helfe ich Mabouri. Wir ernten seltsame Früchte ab, die so groß wie Melonen sind und winzige Punkte haben. Sie stecken auf borstigen Stielen in anderthalb Meter Höhe, sind aber leicht. Mabouri nimmt einen Säbel und schlägt ihren Stiel mit einem Hieb durch. Dann sammeln wir die Früchte ein und kommen zum Platz zurück.

Um den Lagerfeuerhaufen sitzen Frauen und bemalen sich gegenseitig – das haben sie also in ihre Beutel getan: Farbe! Gesichter, Hälse, Arme, Beine und Oberkörper verwandeln sich in ein buntes Farbenmeer. Ich verstaue meinen Beutel in eine Ecke und ruhe mich erstmal aus. Das alles ist doch ziemlich anstrengend für mich.

Als ich erwache, berührt die Sonne den Horizont und

überlässt der Nacht ihren Raum. Rhythmisches Trommeln läutet den Abend mystisch ein. Mir ist inzwischen klar, dass keine Flutwelle droht, sonst hätten sie nicht von einem Fest gesprochen. Naroug brüstet sich vor Pan-Pan mit frisch gefangenen Fischen. Im orangenen Gewand und mit aufgesetzten Vepirr-Federn mustert der Häuptling den Fang, scheint sehr zufrieden damit zu sein.

Dann wird das Feuer gezündet. Beißende Hitze breitet sich über den Platz aus, lange Schatten tanzen auf der Felswand hinter mir und die Trommelschläge schieben sich bis in die Lungen.

»Bon-Bon … Bontaka-Bu!!«

Der Ruf wird von den anderen wiederholt, sie tanzen. Aber eigentlich ist es eher ein bewegtes Beten: Wie Indianer laufen sie halb redend, halb singend um das Feuer herum, bücken sich, als würden sie einen Penny aufheben, richten sich dann wieder auf und zeigen zum Himmel … immer im Rhythmus der Trommeln: Bontaka-Bu! Schließlich werfen sie sich gegenseitig eine Frucht über die Flammen zu – nur knapp entgeht sie dabei den heißen Feuerzungen. Kigoma ist der neue Besitzer. Mit Schwung schleudert er die Frucht wieder über die tanzende Hitze zurück. Theluji hat sie jetzt und wirft sie zu Tano. Dann wechselt sie zu Akili, Kumi, Kibo und Naroug, der die Frucht aber fallen lässt, weshalb er ausscheidet. So spielt die Gruppe weiter, bis nur noch einer übrig bleibt. Der Sieger heißt Kigoma.

Das Essen schmeckt abscheulich, doch der Hunger treibt es hinein. Vorsichtshalber esse ich von allem nur wenig. Immerhin schmecken die Getränke etwas besser, die sie vermutlich aus den Früchten gewonnen und mit Wasser vermengt haben. Ein paar Happen genehmige ich mir noch vom Fisch, verputze außerdem noch ein Salatblatt und setze mich wieder hin.

Nach dem Essen löst sich die Gruppe auf. Emsig wird alles zusammengescharrt und auf einen Haufen direkt in die Nähe der Treppe gelegt: Speere, Trommeln und dergleichen. Die letzten, nicht verspeisten Fruchthälften werden mit einem »Baadaye!« den Hang hinuntergeworfen. Dann gehen alle langsam und mit gesenktem Kopf zu dem Tor, verneigen sich. Wieder wird im Chor »Bontaka-Bu!« gerufen. Für kurze Zeit verharren sie in der Stille, umarmen sich – dann schlurfen sie zu den Ruinen. Einer nach dem anderen betritt die Ruinenstadt, niemand blickt dabei zurück. Jeder geht unbeirrt hinein, als würden sie von jetzt an nur noch hier oben leben wollen. Naroug, Mugambi und Pan-Pan sind die Letzten, die sich in die Gemäuer verziehen. Doch als ich ihnen folgen will, hält mich der Medizinmann zurück.

Ich soll das Feuer bewachen, sagt er. Einer müsse das schließlich tun, und ich wäre diese Nacht an der Reihe. Also schön, dann bewache ich eben das Feuer. Es ist ohnehin dort wärmer. Und so liege ich hier, die letzten Ereignisse Revue passierend, bis ich sanft einschlafe.

Bontaka-Bu!

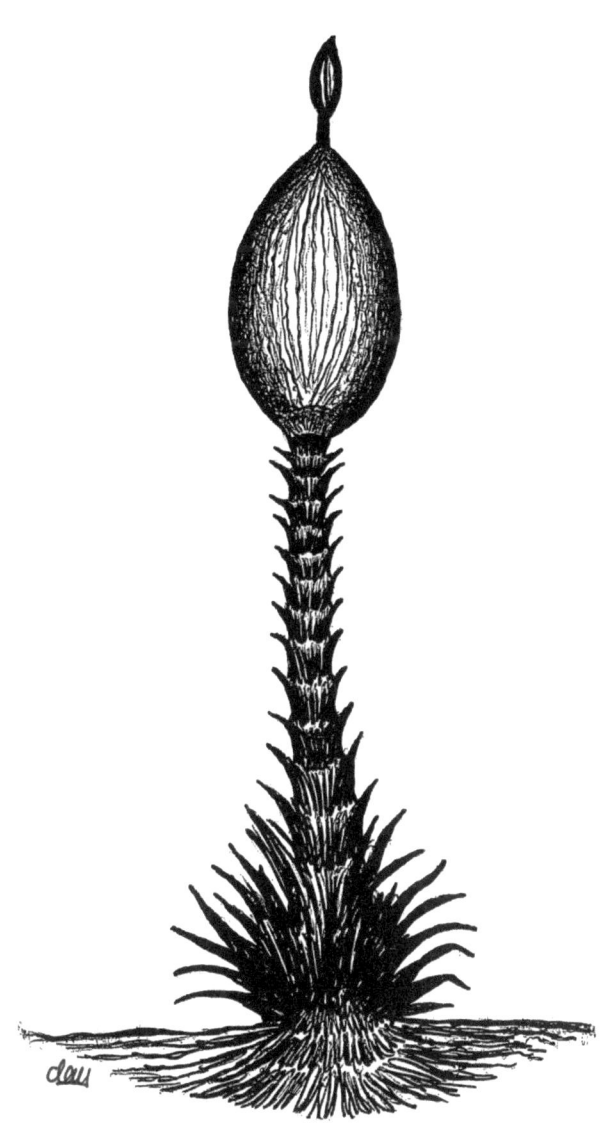

3. Teil

Der nächste Tag

Am nächsten Morgen erwache ich mit Schmerzen. Ein imaginärer Metallring spannt sich um meinen Schädel und der Magen blubbert vor sich hin. Vorsichtig taste ich mich in der Dämmerung nach vorn. Feucht ist die Luft, schwülwarm, und das Feuer ist endgültig erloschen.

Das Spiel mit der Frucht … die Versammlung … Pan-Thera im Torbogen – habe ich das alles nur geträumt?

Natürlich nicht. Alles war so real wie dieser verkohlte Holzhaufen vor mir, der mal ein großes Lagerfeuer war.

Langsam stehe ich auf. Meine Knochen lassen mich glauben, im Körper eines Achtzigjährigen zu sein, dabei bin ich erst Mitte dreißig. Nebelschwaden ziehen an mir vorbei, an denen ich mich festhalten will. Mit der Faust schlage ich mir auf den Hinterkopf, da der Schmerz treu wie ein Hund im Schädel kauert. Na schön, dann eben nicht.

Die Nacht war schlimm. Oft bin ich aufgewacht, habe etwas gehört. Aber vielleicht irre ich mich auch, vielleicht habe ich selbst das Aufwachen nur geträumt? Ein Traum im Traum?

Doch dann bin ich mir sicher, dass es echte Geräusche waren, die mich hochfahren ließen – vielleicht der Wind, der sich in den Ruinen verfing und jaulte?

Nach und nach legen die Nebelschwaden den Blick auf Ruinen, Felsen, einen Wald und sogar einen Vulkan frei. Niemand ist zu sehen – Naroug, Mugambi … schlafen sie alle noch?

Eine innere Stimme sagt mir, dass ich mich nach ihnen umsehen sollte.

Ich atme tief durch, gehe auf den Torbogen zu und biege links an der Skulptur mit der großen Nase ab – dann betrete ich die Schwelle der ersten Ruine. Was mich erwartet, kann ich nur ahnen.

Stille – nur Wind.

Ich gehe weiter. In der nächsten Ruine sieht es genauso aus wie in der ersten: brüchige Mauern, anderthalb Meter hoch, kein Dach, in der Mitte nichts als Sand. Aber wenn hier Sand ist, müssten ja auch Fußspuren von Naroug und den anderen zu sehen sein. Nichts. Also sind sie woanders.

Ich taste mich um eine schräge Wand herum und folge einer ehemaligen Gasse. Vielleicht haben sie sich ja zum Schlafen weiter hinten verkrochen?

Die nächste Ruine inspiziere ich mit Herzklopfen. Wieder nichts, nur Steine und Sand. Aber hier sind Fußspuren zu sehen! Allerdings weisen sie in alle möglichen Richtungen, das Durcheinander ist kaum zu entschlüsseln. Das kann doch nicht wahr sein – sind die etwa geflüchtet? Ich traue mich nicht, sie zu rufen, stattdessen überquere ich die nächste Straße und biege in den Hauptweg ein, den größeren Fußspuren folgend. Ich bin mir sicher, dass die großen Abdrücke von Naroug stammen. Dort hinten ist der Rest des Tempels, den ich schon gestern von weitem entdeckt hatte. Ich stolpere, schlage mit dem Gesicht in den Sand, der sich gleich in meinen Mund schiebt. Verdammt! Hastig richte ich mich wieder auf, spucke die Krümel aus und laufe die letzten Schritte zum ehemaligen Tempel. Dort trete ich ein.

Wieder nichts.

Auch leer!

Und diesmal keine Fußspuren.

Aber wo sind die alle hin?

»Naaaroug! Mugammmbi! Wo seiiid ihr?!«

Herzklopfen – und ein … Echo.

Also muss ich in der nächsten Ruine nachschauen – irgendwo müssen sie ja sein! Dann stelle ich mich auf eine Mauer, um die Ruinen besser überblicken zu können. Aber ich kann nichts als zerbrochene Wände erkennen. Es bleibt mir nichts anderes übrig, als alles durchzukämmen, also noch eine Ruine, und noch eine – doch überall ist es dasselbe: leere, zerfallene Gemäuer, über die die Zeit hinweggestrichen ist. Dann entdecke ich wieder Fußspuren – aber sie führen zum Platz zurück. Hatte ich die vorhin übersehen?

»Pan-Theeera! Wo biist duuu?«

Noch einmal ein Echo.

Ich gehe weiter und stoße an das Ende der ehemaligen Stadt, die durch eine große Mauer abgegrenzt wird. Seltsamerweise ist sie gut erhalten, lediglich eine tellergroße Öffnung findet ihren Platz. Ich pirsche mich an diese Öffnung heran und strecke langsam meinen Kopf hindurch; etwa dreißig Zentimeter ist die Mauer dick. In der Ferne ist der Wald mit dem Vulkan zu sehen – aber dort hinzukommen ist unmöglich! Direkt hinter der Wand fällt es steil nach unten ab, die Schlucht ist mit spitzen Felsen übersät. Geschätzte Tiefe: 500 Meter.

Es gibt keinen Weg, keine Treppe oder sonst irgendetwas. Wer hier weiter will, muss fliegen! Überhaupt frage ich mich, ob jemand zum Vulkan möchte – immerhin könnte er ja ausbrechen … vielleicht ist das auch der Grund, warum sie unten am Strand leben? Die Entfernung zum Vulkan schätze ich mit zwei bis drei Kilometer ein. Nein, dort sind sie garantiert nicht.

Hastig, als wäre der Insektenschwarm hinter mir her, renne ich durch die Ruinen zurück zum Platz, bleibe schwer atmend direkt vor dem Torbogen stehen, hocke mich hin. Erst jetzt frage ich mich, warum ich überhaupt gerannt bin. Es muss die Angst sein. Mir ist das alles unheimlich! Und es ist kaum zu glauben: Seit die Ureinwohner weg sind, vermisse ich sie, fühle mich verloren und hilflos. Ihre Abwesenheit lässt mich erzittern.

Nachdem ich wieder normal Luft geholt habe, rufe ich sie noch einmal. Vom Echo resigniert setze ich mich auf den Boden, blicke ungläubig zum Tor, in dem gestern Pan-Thera stand. Niemand erscheint.

Ich solle mich nicht über den nächsten Morgen wundern, sagte Mugambi. Ich würde etwas Neues erleben – und ich solle warten …

Also warte ich. Ich laufe auf und ab, scharre die Reste des Lagerfeuers zusammen, esse eine übriggebliebene Frucht, setze mich hin.

Doch die Ungeduld bleibt. Ich renne wieder zu den Ruinen, rufe alle Namen, die mir einfallen. Aber das Nichts ist geblieben und es sieht so aus, als wäre es schon die ganze Zeit hier gewesen. Ermattet schlurfe ich wieder zum Platz zurück. Jetzt habe ich so viele eigene Spuren hinterlassen, dass ich sie von den anderen nicht mehr unterscheiden kann.

Die einzige Möglichkeit ist noch Pan-Theras Tor. Wenn sie nicht mehr in den Ruinen sind, können sie nur durchs Tor gegangen sein – wohin es auch immer führen mag. Aber Pan-Pan hat es allen verboten, auch mir! Niemand, außer Pan-Thera, durfte durch dieses Tor gehen! Warum also sollten sie jetzt auf einmal doch alle hindurchgelaufen sein? Nein, das ergibt keinen Sinn. Es gibt nur eine Lösung: Sie sind im Dorf! Und ihr Vorbeigehen, ihr Rückweg über die Treppe erklärt auch die Geräusche, die mich nachts um den Schlaf gebracht haben.

Nachdem ich mich noch einmal umgeblickt habe, laufe ich die Treppe hinunter, fast schon erleichtert, diesen Platz endlich verlassen zu können. Weil ich so aufgeregt bin, hüpfe ich fast wie eine Mücke, wage es sogar, mal eine Stufe auszulassen, obwohl das bei diesem alten Gemäuer gefährlich werden kann. Bald habe ich die Stelle, an der wir pausierten und Vepirr sich putzte, erreicht. Ich kann es kaum erwarten, im Dorf zu sein.

Unten angekommen ist alles wie immer: der Wald, der Weg, der Strand, das Meer, der Himmel. Eine Krabbe kämpft um ihr Leben, weil ein Vepirr sie fressen möchte. Aber es gibt keine Hinweise auf die Ureinwohner. Ich laufe los, immer an der Brandung entlang. Schwer graben sich dabei meine Füße in den Sand – für kurze Zeit muss ich pausieren, dann laufe ich weiter.

Endlich komme ich zur Stelle, an der ich einst gefesselt aufwachte. Voller Erwartung laufe ich an den Bäumen vorbei, haste die Anhöhe zum Dorf hinauf. Als ich jedoch die erste Hütte von Weitem erkenne, versagen mir plötzlich die Beine, als wollten sie mich vor etwas bewahren … nicht weiterlaufen … warten!

Aber ich gehe weiter. Mit Herzklopfen stehe ich auf dem Platz. Die Hütten sehen unversehrt aus. Langsam gehe ich zur ersten Hütte, klopfe trotz der halboffenen Tür an.

Nichts.

Dann einen Schritt in die Dunkelheit, darauf gefasst, von der Seite angegriffen zu werden, weil man mich für einen Einbrecher hält. Plötzlich klopft es sogar hinter mir – erschrocken drehe ich mich um, zum Zerreißen gespannt – aber nach einiger Zeit erkenne ich, dass nur der Wind mit einem offenen Fenster spielt. Indes wollen sich meine Fäuste dennoch nicht mehr richtig lockern, die Angst vor dem Unbekannten klammert sich in mir fest, nimmt Besitz von mir ein. Nur langsam gewöhnen sich meine Augen an das spärliche Licht. Alles sieht so aus, als wäre es vor Kurzem verlassen worden: Ein Tisch, ein Speer, ein Krug … es könnte aber auch ein Museum sein. Drehe ich mich um, blendet mich das einfallende Tageslicht. Schritt für Schritt schlurfe ich ihm entgegen, blicke ins Freie.

Aber vielleicht haben sie sich ja alle wieder in Pan-Pans Hütte verkrümelt, wie neulich, als wir von den Insekten angegriffen wurden?!

Ich haste zur ihr, blicke auf die verschlossene Tür. Dass keine Wachen davorstehen, könnte bedeuten, dass sie unbewohnt ist – oder dass eben alle dort hineingeflüchtet sind. Ich nehme einen Luftzug durch die Nase, um Pan-Pans Rauchwolken aufzuspüren. Aber es ist im wahrsten Sinne »reine Luft«.

Ich klopfe, rufe »Pan-Pan! Hier Tra-lan-doa!«

Niemand antwortet.

Ich klopfe ein zweites Mal – dann stemme ich mich gegen die Tür, die mich sofort hineinlässt. Ein Schwall verbrauchter Luft empfängt mich, Dunkelheit, Stille – und wieder nur Leere. Immerhin finde ich eine Schale mit klarem Wasser vor.

Ich laufe zur Raummitte, drehe mich dabei um. Masken starren mich wie Geister an. Ringsherum sind Körbe, Waffen, Trommeln, Pfeifen – und in der Mitte steht Pan-Pans verlassener Thron.

Das kann doch nicht so schwierig sein, Joe Forrest! Wenn sie nicht hier sind, sind sie vielleicht auf der Jagd! Oder fischen! Oder sie haben einen Ausflug gemacht, oder …

Nein, es muss etwas passiert sein – sonst wären doch zumindest ein paar von ihnen hier. Man lässt doch nicht einfach sein Dorf im Stich, wenn man auf die Jagd geht. Da ist doch etwas oberfaul!

In der nächsten halben Stunde überprüfe ich jede Hütte. Zuerst klopfe ich noch an, sage »Tra-lan-doa!«, öffne erst danach die Tür. Später stoße ich gleich die Tür auf, schreite stumm über die knarrenden Holzdielen, schaue mich kurz um, erblicke außer den üblichen Dingen nichts Neues und gehe wieder enttäuscht hinaus.

Okay, es gibt drei Möglichkeiten: Sie könnten im Urwald leben, dort, wo wir die Schlange erlegt hatten. Sie könnten irgendwo oben auf dem Berg leben, oder hinter dem Vulkan, so unwahrscheinlich das auch wegen der Mauer ist – und sie könnten mit Holzbooten aufs Meer gefahren sein.

Doch die Metallfläche, die mir wie ein Engel erscheint, widerlegt meine Vermutung, dass sie den Seeweg gewählt haben. Die hätten sie doch mitgenommen! Pan-Pan hätte sie niemals zurückgegeben, er hätte sie als Floß benutzt! Warum also ist sie noch hier?

Ich beschließe, den Strand auf der rechten Seite abzusuchen, dort, wo ich noch nie gewesen bin, greife mir den Rucksack und gehe los.

Doch es ist wie vorhin, alles sieht gleich aus: Wellen, Sand und Palmen. Wieder schieben sich meine Füße beschwerlich durch den Sand, der mich zu bremsen scheint. Und es gibt keine Spur, nicht einmal ein Felsen, wie auf der anderen Strandseite. Für eine Weile setze ich mich hin und lausche den Geräuschen, versuche, mich zu besinnen. Dann trete ich den Rückmarsch an.

Natürlich habe ich keine Hinweise gefunden. Kein Boot, kein liegen gelassenes Seil oder gar Fußspuren. Es war nicht zu erwarten, aber es war wenigstens zu hoffen.

Im Dorf angekommen ertappe ich mich dabei, heimlich gehofft zu haben, jetzt doch einige von ihnen anzutreffen. Aber das Dorf ist noch immer leer. So seltsam das auch ist – ich muss mir eingestehen, dass ich ohne diese Ureinwohner nicht leben möchte. Jetzt endlich hätte ich die Chance, unbemerkt zu fliehen … aber diese Chance wird plötzlich im Keim erstickt. Mir wird klar, dass ich doch Menschen um mich herum brauche und ein Verlassen dieser Insel bedeutet, dass ich auf dem Meer noch viel mehr auf mich allein gestellt, noch einsamer wäre als es hier an Land der Fall ist.

Ich lehne mich an die Hütte Pan-Pans, setze mich hin und schaue in die Landschaft. Ich sollte mir eine andere Beschäftigung suchen, als diesem Mysterium auf die Spur zu kommen. Ich bin doch nicht umsonst der Sohn eines Gärtners! Vielleicht finde ich ja eine Pflanze, die ich pflegen kann?

Am Waldrand entdecke ich eine, die mir gefällt und die ich vorsichtig ausgrabe. Aus den Resten von Mugambis abgeschälten Baumrinden forme ich Töpfe, die ich zu einem Turm staple. Sanft wird die Pflanze darin eingebettet, mit reichlich Erde, dann stelle ich sie direkt vor Pan-Pans Hütte.

Gut steht sie da, viel mehr im Licht. Vielleicht sollte ich ihr einen Namen geben?

Ihre drei großen Blätter verleiten mich dazu, ihr einen symbolischen Namen zu geben, etwa »Trias« oder »Pi«. Doch dann fällt es mir wie Schuppen von den Augen: Ich nenne sie »Cynthia«, das ist der erste Vorname von Lucy, der Stewardess, die jetzt irgendwo auf dem Mee-

resgrund liegt – und die immer viel lieber mit Lucy angesprochen werden wollte.

Ich begieße die Pflanze, mache es mir bequem. Bald
kommt die Nacht herangeschlichen und ich kann mich
in den Schlaf retten.

Gute Nacht, Cynthia.

Die Suche

Am nächsten Morgen weckt mich ein »Tock-Tock«. Erschrocken richte ich mich auf, weil ich glaube, jemand hat geklopft! Dann wieder – ich gehe zur Tür, reiße sie auf und sehe einen Vepirr, der die Topfschalen von Cynthia inspiziert und abklopft. Mahlzeit!

Während des Frühstücks beschließe ich, die Ureinwohner im Wald zu suchen. Da sie die riesige Mauer an den Ruinen kaum überklettern konnten, sind sie vielleicht wirklich zunächst über die Treppe zum Dorf zurückgekehrt und haben anschließend dann einen anderen Weg durch den Wald zum Vulkan genommen.

Noch bevor ich es mir anders überlege, packe ich meinen Rucksack, greife eine mit Wasser gefüllte, verschließbare Kokosnuss, einen Speer und laufe los.

Der matschige Boden macht es mir nicht leicht, oft muss ich mich mit dem Speer abstützen. Immer wieder stellen sich mir riesige Blätter in den Weg. Nicht selten klatscht mir dabei ein Blatt ins Gesicht, das mit rasierscharfen Stacheln umrandet ist. Je tiefer ich hineingehe, desto größer werden die Pflanzen, desto kräftiger die Blätter und damit auch ihre Stacheln.

Kaum habe ich geschätzte fünfzig Meter zurückgelegt, wische ich mir den Schweiß von der Stirn, da die Luft schwül und unerträglich wird. Ich gehe etwas langsamer weiter, schiebe immer wieder riesige Blätter weg und achte darauf, die Richtung einzuhalten. Nach einer

Weile muss ich abermals pausieren, doch mich hinzusetzen traue ich mich nicht, da der Boden zu nass ist und nur so von Kleinlebewesen wimmelt. Ich bin doch immer geradeaus gelaufen, oder? Wenn ich ehrlich bin, musste ich einmal wegen eines umgefallenen Baumes eine leichte Kurve ziehen, die ich jedoch wieder ausgeglichen habe. Aber ich müsste hinter mir wenigstens eine Schneise sehen – nichts davon. Sämtliche Pflanzen sind, nachdem ich sie passiert habe, wie Pendeltüren einer Wildwest-Bar zugeschlagen. Auch Pan-Pans Dachspitze ist längst nicht mehr zu erkennen, dabei überragt sie doch das ganze Dorf! Überall nur die Farben des Dschungels und feuchttropische Schwüle.

Verlaufen habe ich mich – in kürzester Zeit! Die imaginäre Kompassnadel ist weggerutscht, sinnbildlich liegt sie am Boden und versinkt im Sumpf des Dschungels. Da ich mich nun oft um mich selbst gedreht habe, habe ich keinen blassen Schimmer, in welche Richtung der Rückweg verläuft. Ich untersuche den Boden nach meinen Fußabdrücken, schiebe Blätter beiseite, um freie Sicht zu bekommen. Aber die Erde ist so stark mit Wasser getränkt, dass sich die Spuren gleich wieder verwaschen haben.

Ich probiere, einen Vogel zu orten, der mich vielleicht zum Strand führt. Es gelingt mir nicht. Aus der Intuition heraus entscheide ich mich nun, in die Richtung zu laufen, in die ich gerade blicke. Es könnte die richtige oder die falsche sein – Hauptsache geradeaus, vor allem aber ins Dorf zurück.

In etwa jeden zehnten Baum ritze ich einen Pfeil hinein, stampfe weiter durch das unendliche Grün, das mich wie eine fleischfressende Pflanze verschlingt. Tatsächlich drängt sich auch ein modriger Geruch auf, der auf Verwesung schließen lässt. Zahlreiche Insekten und Würmer tummeln sich um mich herum. Aber hier gibt es etliche Pflanzen, die so übel riechen. Ehe ich mich noch in morbide Gedanken verliere, laufe ich weiter.

Da es vor mir zu unwegsam ist, entscheide ich mich, so gut es geht, im rechten Winkel abzubiegen, doch dann rutsche ich aus und versinke im Moor …

Es geht schnell. Jede Bewegung lässt mich tiefer sacken, begünstigt das Einsinken mehr als dass sie es verhindert. Panik schießt durch meinen Körper – Todesangst! Jetzt!

Liegt hier ein Ast? Ein Seil? Instinktiv greife ich zur Liane, die über mir baumelt und nur eine halbe Fingerlänge entfernt ist. Aber ein Windzug lässt sie pendeln. Verdammt – wenn sie bloß tiefer hängen würde!

Ich strecke mich wie auf einer Folterbank. Ich hätte nie gedacht, dass ich mich so dehnen kann. Ich schreie, verliere dabei Luft, stampfe mit den Füßen, spüre, wie die Kraft aus meinem Körper weicht. Noch mehr! Höher! Dann halte ich inne, pausiere für vielleicht zwei Sekunden, um dann mit neuer Kraft …

Nur mit größter Anstrengung, mehr noch durch ein Wunder, ziehe ich mich aus dem Sumpf. Ich habe die Liane tatsächlich zu fassen gekriegt! Mit letzter Kraft schwinge ich mich zum Rand und lasse mich dort fallen. Ein schwerer Sack namens Joe Forrest plumpst auf die Erde und ringt mit dem Atem. Schweißgebadet sitze ich dort, hyperventiliere fast und realisiere, wie nah ich meinem Ende bin. Jeder Schritt kann der letzte sein, ganz unverhofft!

Ich greife mir den Rucksack, trinke vier, fünf Schlucke und ruhe mich etwas aus. Einteilen muss ich die Rationen, obwohl es hier genügend Pfützen gibt, denn wer weiß, ob sie genießbar sind …

Gottlob habe ich die Bäume markiert! Voller Zuversicht stampfe ich durchs Dickicht – aber die Enttäuschung lässt nicht lange auf sich warten. So sehr ich mich auch bemühe, die ursprüngliche Richtung zu finden, treffe ich auf keine einzige Markierung! Verarschen mich die Bäume jetzt? Aufgeregt bin ich, zu nervös, um einen klaren Gedanken zu fassen. Dass ich wieder eine falsche Richtung gewählt habe, will ich mir nicht eingestehen, eher, dass die Pflanzen irgendwelche Dämpfe aussenden, die meinen Verstand verwirren. Es würde mich jetzt auch nicht wundern, wenn plötzlich dieser Giraffenbaum an mir vorbeispaziert, oder ein Flaschenbaum, einer dieser Ballonfrüchte oder gar eine dreigliedrige Palme.

Der einsetzende Regen zwingt mich zu einer längeren Pause. Ich lehne mich an einen Baum, hocke mich später auf dessen Wurzel. Wie ein streunender Hund friere ich, schüttele mich, klammere mich am Stamm des Baumes fest. In diesem Augenblick zieht eine Schnecke an mir vorbei, die ich aufhebe und behutsam in der Hand halte. Die Schnecke verkriecht sich gleich in ihr Haus zurück und bleibt dort eine halbe Ewigkeit. Aber es tut gut, ein Lebewesen bei sich zu wissen, auch wenn es noch so klein ist.

Als der Regen endlich aufhört, setze ich die Schnecke wieder sanft auf den Boden ab, die sich noch immer nicht aus ihrem Haus getraut hat. Sie liegt wie eine Murmel auf der Erde. Ich ertappe mich dabei, wie ich ihr zum Abschied zuwinke – gottlob sieht mich niemand.

Langsam stehe ich auf, greife mir den Rucksack und laufe los. Mir ist inzwischen alles egal. Von mir aus marschiere ich tatsächlich bis ans Ende der Welt! Und wenn ich dort angekommen bin, laufe ich einfach weiter! Am Ende hält Gott die Hand auf, so wie ich es mit der Schnecke getan habe. Was bleibt mir denn auch anderes übrig?

Doch wie ein Hammerschlag trifft mich das eingeritzte Zeichen eines Baums ... das von jemand anderem stammt: ein Kreuz statt ein Pfeil! Verdammt noch mal! Vor mir hat sich schon einmal jemand verirrt! Ich reibe mir die Augen, blinzle, da ich es nicht wahrhaben will. Das ist doch alles nicht wahr, oder? Aber es ist real. Da die Furchen an den Rändern schon mit Moos bewachsen sind, muss es sich um ein altes Zeichen handeln. Kalt läuft es mir den Rücken herunter – ich bin nicht der erste Tra-lan-doa! Es gab schon mal jemanden wie mich, der sich hier verlaufen hat, vielleicht sogar im Wald gestorben ist ... just erinnere ich mich an den modrigen Gestank vorhin ... vielleicht liegt dort sein Leichnam? Doch das alles passt nicht zusammen ... ein uraltes Zeichen und eine frische Leiche? Ich muss mich wieder erden! Vor allem muss ich weitergehen.

Ich stampfe los und sehe mich nach weiteren Kreuzen um. Tatsächlich ist dort hinten ein weiteres, dann noch eins und noch eins. Vorsichtig folge ich den Kreuzen, hoffend, in keine Falle zu geraten. Dann noch ein Zeichen und noch eins – dann bleibe ich verblüfft stehen und halte den Atem an.

Meine Beine gehorchen mir nicht. Ich möchte langsam laufen, aber sie wollen nur noch rennen ... eine Hütte! Ein Dorf! Endlich bin ich zu Hause – so seltsam das auch klingt. Ich rufe sogar die anderen, obwohl sie ja nicht mehr da sind. Denn ich bin gerettet!

Ich gehe in die Hütte des Häuptlings hinein, lehne mich an einen Pfahl. Ich bin total erschöpft, möchte nur noch in diesen vier Wänden bleiben. Dankbar berühre ich das Holz, um wirklich zu spüren, dass ich »zu Hause« bin. Ich bin es, irgendwie. Doch jedes Mal, wenn ich Pan-Pans Hütte betrete, fühlt es sich anders an. Mal ist es Angst, mal Mut – diesmal ist es sogar Geborgenheit. Doch wie kann man sich hier geborgen fühlen? Habe ich den Verstand verloren?

Menschen können nicht ersetzt werden. Da helfen auch keine Schnecken oder Pflanzen, nicht einmal Cynthia.

Eine Weile denke ich darüber nach, lasse alles auf mich wirken, atme durch. Dann umfasse ich das brüchige Holz, das schon so viele Jahre auf dem Buckel hat. Erst zögernd, dann mit entschlossenen Handgriffen steige ich auf den hölzernen Thron des Häuptlings, der dabei knackt und ächzt, als wolle er sich wehren. Auch mein Körper wehrt sich: Meine Beine zittern und der Puls schlägt hoch. Steif wie ein Brett klemme ich mich in den Holzstuhl, in dem der alte Irre immer gesessen hat.

Das also ist der Blickwinkel des Häuptlings! So sieht es von hier aus.

Als ich zur Seite schaue, erblicke ich den Kopfschmuck, den ich mir in Trance greife. Es muss ein Ersatz sein, denn auf dem Berg hatte Pan-Pan auch einen aufgehabt. Mit zitternden Händen betrachte ich ihn – und setze ihn auf.

Jetzt bin ich Pan-Pan! Das alles gehört jetzt mir! Ich bin der Häuptling!

Doch ohne Volk ist der Häuptling kein Häuptling. Der neue Pan-Pan muss noch lange warten.

Tapir

Cynthia geht es gut, sie hat mir das lange Fernbleiben nicht übel genommen. Ihre Blätter strecken sich stolz gen Himmel, und auch Vepirr konnte ihr bislang nichts anhaben.

»Guten Morgen, Cynthia, hast du gut geschlafen?« … was für eine blöde Frage.

Dass ich die gestrige Tour so gut überstanden habe, ist zum einen meiner Umsicht, zum anderen aber – und vielleicht vor allem – dem Glück zu verdanken. Man sagt, beides käme von einer höheren Macht, die einen beschütze. Wer immer es auch ist, ich wurde gerettet.

Ich marschiere zum Strand, führe dabei einen Speer mit. Zwei Dinge haben mir bislang immer geholfen, wenn ich zu viel nachgedacht habe: das Fliegen und der Strand. Wann ich jemals wieder in eine Maschine steigen werde, ist ungewiss, aber der Strand ist da, immerfort und er gehört nur mir allein.

Im Wasser stochere ich herum, hole so manche Muschel oder Alge heraus, die ich aber gleich wieder zurückwerfe. Dann entdecke ich einige Fische.

Ich gehe in Position, halte den Speer fest in der Hand – bloß nicht noch den eigenen Fuß treffen! Eine gefühlte Ewigkeit stehe ich im Wasser, mit kurzen Pausen an Land, bis ich endlich einen Fisch harpuniert habe. Wie elektrisiert zappelt er an der Speerspitze, windet sich, öffnet die Lippen, bis das Leben aus seinem Körper weicht und er wie ein leerer Fahrradschlauch herunterhängt. Mein Abendessen ist organisiert – endlich mal keine Früchte!

Am nächsten Morgen blitzen Sonnenstrahlen durch die Ritzen des Dachs. Schlaftrunken gehe ich zum Thron, setze mich hinein, was wieder mit Knarren und Ächzen quittiert wird. Den Kopfschmuck stülpe ich mir über den Kopf, blicke zur Tür … ich sollte immer Pan-Pan sein! Ich werde dieses Ritual von jetzt an täglich durchführen und ich werde diesen Kopfschmuck nie mehr absetzen!

Dann frühstückt der neue Pan-Pan. Was steht heute an? Auf keinen Fall werde ich die Ureinwohner suchen. Ich werde einfach nur am Strand spazieren und meine Freiheit genießen – das ist das größte Geschenk, das ich hier bekommen habe, abgesehen von der Gesundheit.

Ich stehe auf und laufe mit aufgesetztem Kopfschmuck zum Strand. Wie eine Glasscheibe liegt das Meer vor mir, keine Welle, kein Wind – nur Ruhe. Seltsamerweise aber auch keine Vepirrs. Ob überhaupt Fische da sind? Vielleicht kommen sie heute gar nicht.

Die Wassertemperatur ist lieblich, sanft werde ich von einer leichten Strömung berührt, die hinter mir wegzieht und sich verliert. Irgendwo da hinten ist ein Land, eine Insel, ein Kontinent. Wasser ist ein Medium – fasse ich hinein, berühre ich gewissermaßen auch das andere Land. Alles ist eins, verbindet sich zu einer Welt, zu einem Ich.

Die Sonne brennt stark. Mein Gesicht reibe ich mit feuchtem Sand ein – das habe ich mir mal bei Elefanten abgeguckt, die sich auf diese Weise vor der Sonne schützen. Morgen werde ich mir eine Sonnenbrille aus

Holz basteln, mit Sehschlitzen – das wird mich einige Zeit beschäftigen.

An einer kräftigen Palme lehne ich mich an, blicke aufs Meer, lege mich schließlich hin. Ich fühle mich ermattet. Wenn ich ehrlich bin, hat mir heute Morgen auch ein wenig der Saft in den Knochen gefehlt. Jetzt fordert mein Körper Ruhe ein. Auch die Kopfhaut verlangt nach einer längeren Pause. Fast ist es, als spüre ich meine Haarwurzeln. Müde lege ich mich zur Seite, schaue auf die See.

Bin ich drei Monate hier? Ein halbes Jahr? Wahrscheinlich werde ich nie wieder in mein zivilisiertes Leben zurückkehren können. Und wenn ich ehrlich bin, möchte ich das auch nicht mehr.

Benommen schaue ich zum Meer, aber das Bild verschwimmt. Leichtes Pochen spüre ich am Rücken, als wenn sich ein Vepirr an ihm ausprobieren würde. Aber es wird nur die Rinde der Palme sein, an der ich lehne.

Ich schließe die Augen und sehe trotzdem das Sonnenlicht durch meine Lider schimmern.

Ein paar Punkte fliegen darin vorbei, Linien, die sich verkleben und wie Bakterien aussehen, schließlich immer dem Weg meiner Pupille folgen.

Ein Traum ist ein Traum, er ist keine Realität. Aber wer träumt, reinigt den Kopf. Der Kopf ist das Gewissen, die Erinnerung, und das wiederum ist die Opposition. Jeder braucht eine Opposition, das eigene Ich, das versucht, sich selbst im kritischen Licht zu sehen … das zum Beispiel fragt, wie es einem geht und warum man diesen Kopfschmuck trägt.

Also mir geht es gut.

Und ich trage diesen Kopfschmuck, weil ich … Pan-Pan bin!

Das ist der Häuptling.

Von der Insel, den Leuten hier.

Aber sie sind weg.

Und ich habe keine Ahnung, warum sie weg sind.

Aber ich lebe jetzt mit einem Vogel.

Mit einem blechernen Vogel bin ich übrigens auch hierhergekommen.

Mit einem Flugzeug!

Mit der Konrad Lorenz von Translator.

Das ist ein Tapir …

Nein, das ist kein Tapir.

Sie ist gesunken.

Aber eine Hütte kann nicht sinken.

Es war der Vogel Vepirr, der mich rettete.

Vepirr …

Nein, Tapir.

Translator!

Tapir!

Ich muss schleunigst zur Hütte zurück. Die ersten Fieberschübe rauschen wie Schnellzüge durch meinen Körper, lassen meine Haut erzittern. Vorsichtig stehe ich auf und umklammere den Stamm der Palme, die sich zu verbiegen scheint. In meinem Kopf schwappt die Hirnmasse wie Suppe umher. Das Bild schiebt sich weg, als wolle es wegfließen. Benebelt blicke ich mich um … und sehe … einen … Bart. Ich fasse hinein, streichle ihn. Erst langsam wird mir klar … es ist nicht mein Bart.

Es sind drei Menschen.

Drei Menschen?

Warum?

Drei Menschen, die leibhaftig vor mir stehen …

Der Traum ist kein Traum!

Es ist Realität …

Ich habe keineswegs mit mir selbst gesprochen, sondern mit diesen Männern, dieser Frau! Im Fieberwahn habe ich es nicht bemerkt. Sie halten mich, tragen mich, retten mich … bringen mich … zur … Hütte.

Aber was ist die Tapir …?

Wie Kamele schwanken wir den Weg zum Dorf hinauf. Verzerrt und unwirklich wirken die Hütten auf mich. Für einen Moment meine ich, sie wären kleiner geworden oder würden jeden Augenblick einstürzen, wenn ich sie nur anschaue. Als wir vor meiner Hütte stehen, erscheint sie mir aber so groß wie eine Kathedrale. Dann meine ich, ein Vepirr würde hineinfliegen. Ich spüre, wie man mich in diese Hütte trägt, mich langsam hinlegt, mich zudeckt, mir etwas sagt, meine Schulter berührt …

Dann ist alles still. Und dunkel. Und kühl.

Ich träume von einem Flaschenbaum. Er wird größer, immer größer. Er wächst sehr schnell, bis er die Wolken berührt. Ich schaue ihn an, begreife nicht, warum er immerfort größer wird.

Dann wird mir klar: Er wächst über sich hinaus.

Das Quartett

Am nächsten Morgen habe ich das Gefühl, eine Marionette zu sein, deren Fäden fehlen. Ich habe keine Kraft, irgendetwas zu bewegen – keinen Finger, keine Hand, kein Bein. Für Sekunden denke ich sogar, wieder auf der Metallfläche im Meer zu treiben, aber dann sehe ich die Balken der Hütte über mir.

Langsam atme ich mich hoch, sammle Kräfte. Ich richte mich auf, rutsche aber sofort wieder auf den Boden. Dass ich mich im Reflex dabei noch abstützen kann, ist ein Wunder.

Mir fällt ein, dass ich gestern am Strand eingeschlafen war und Fieber bekam. Drei Gesichter, zwei davon mit Bärten, bahnen sich in mein Gedächtnis zurück. Doch bevor ich die einzuordnen versuche, hangele ich mich erstmal zum Thron, mit dem ich den Tag einläuten möchte. Rituale braucht der Mensch! Doch kaum habe ich mich in ihn hineingezwängt, zerbricht er unter meinem Hintern, als hätten sich Holzwürmer an ihm gütlich getan.

Ermattet hocke ich auf zerbrochenem, morschem Holz.

Just wird die Tür aufgerissen. Ein bärtiger Mann lugt herein und fragt, ob alles okay ist.

Ich blicke ihn an, als stünde der Gerichtsvollzieher in der Tür. Wo kommt denn jetzt diese Flitzpiepe her?

»Ist alles okay?«, fragt er mich wieder, weil ich ihm die Antwort schuldig bleibe. Schließlich kommt er zu mir und hilft mir beim Aufstehen.

In diesem Moment wird mir klar, dass die drei Menschen gestern tatsächlich kein Traum waren, sondern

Wirklichkeit sind. Ich bin tatsächlich von Rettern umgeben – wer immer sie auch sein mögen …

»Wollen wir frühstücken?«, werde ich gefragt.

Meine Frage, »was«, wird im Keim erstickt: »Wir haben diese komische Pflanze da zerhackt und gleich weichgekocht.«

»Komische … Pflanze?«

»Na … die vor der Tür, in gestapelten Töpfen – mit drei kräftigen Blättern! Die war doch zum Essen gedacht, oder?«

Mir bleibt die Spucke weg! Sie haben es tatsächlich getan!

»Ihr habt … meine Cynthia getötet?!«, frage ich sie.

Irritiert schaut mich der Mann an. »Andrea«, ruft er, während er mich fest im Blick behält, »hast du wirklich alle Blätter zerkocht?«

»Nein, eins ist noch übrig.«

»Na also, dann können wir doch aus dem Rest eine neue Cynthia wachsen lassen«, sagt er, während er mir wie einem kleinen Jungen die Wange tätschelt.

Aus dem Rest eine neue wachsen lassen – wenn das mal so einfach wäre …

Man begleitet mich hinaus. Draußen sitzen bereits die anderen, halten ihre Schalen bereit.

Obwohl ich mir klar darüber bin, etwas Reales zu sehen, zweifle ich daran. Doch je länger ich mir alles ansehe, desto deutlicher wird das Bild von drei Menschen, die mich anstarren.

»Ich esse meine Freundin nicht!«, stoße ich heraus. »Wo bitteschön ist das letzte Blatt von Cynthia?!«

»Hier!«, sagt die Frau und übergibt es mir mit einem

Blick, als müsse sie sich vor mir in Acht nehmen. Ich nehme das Blatt an und drücke es ganz fest ans Herz. Meine Cynthia!

»Es … es tut uns leid!«, brummt der Mann …

»Schon gut, ich werde mir aus dem Blatt einen Ableger ziehen. Ich bin ja nicht umsonst der Sohn eines Gärtners.«

Wir frühstücken unter blauem Morgenhimmel.

»Wer seid ihr?«, will ich wissen. »Woher kommt ihr?«

»Ich heiße Tim Lexow«, stellt sich der eine vor, »neben mir sitzen Andrea Paul und Moritz Theus. Und wie heißt du? Pan-Pan wird ja wohl kaum dein richtiger Name sein!«

»Tra-lan… ich heiße … Joe Forrest.«

Der Mann nickt, während er einen weiteren Löffel Grünzeug herunterschluckt.

»Erzähl du uns zuerst deine Geschichte, dann sind wir dran. Einverstanden?«

Zähneknirschend willige ich ein, und der wirklich letzte Happen meiner Freundin verschwindet im Mund von Andrea Paul.

Ich erzähle alles von Anfang an: Von meiner Ausbildung, von Feuerbaum, der alle drangsalierte. Dann von Lucy, in die ich verliebt war. Ich berichte von der Fluggesellschaft Translator, der Konrad Lorenz, vom Flug, vom Absturz. Dann von den langen Tagen und Nächten auf See, der Metallfläche, von den Haien. Ich erzähle, wie ich mich plötzlich gefesselt an Land vorfand, bei Wilden, die mich töten wollten. Von Pan-Pan. Von Sita, Ndugu, Tano, Mugambi … von den Seebestattungen. Von Vepirr, der Schlangenjagd. Von den Insekten, aus denen sie Tinte machten. Von dem Fest auf dem Berg, von Pan-Thera und vom Verschwinden der Wilden in den Ruinen. Davon, dass ich nun ganz alleine hier lebe und die Nachfolge des Königs angetreten habe. Und dass man mir sinngemäß sagte, dass ich mir keine Sorgen zu machen brauche.

»Versteht ihr?«, prüfe ich sie. »*Ich* bin jetzt der Häuptling – ich bin *Pan-Pan*! Und zwar solange, bis auch ich einmal verschwinde. Dann seid *ihr* Pan-Pan!«

Die drei nicken stumm, schauen sich fragend an. Ihrem Mienenspiel entnehme ich, dass sie mir nicht glauben, mich eventuell sogar für einen Spinner halten.

»Was du erzählst, ist sehr ergreifend, Joe. Es deckt sich auch teilweise mit dem, was wir gestern von dir gehört haben ... aber ... verzeih ... du warst verwirrt, hattest Fieber. Im Ganzen hört sich das alles unglaublich an ... also – Joe, könnte es vielleicht sein, dass du dir das alles nur ... ausgedacht oder eingebildet hast? ... im Fieber?«

Tim wird rot, nachdem er die Frage ausformuliert hat. Mir ist es nicht minder peinlich. Ich würde mir die Geschichte selbst nicht glauben, wenn ich es nicht besser wüsste. Vor ihnen sitzt ein Irrer, der sich Federn auf den Kopf setzt, mit einer Pflanze zarte Bande knüpft und sich Pan-Pan nennt.

»Glaubt ihr vielleicht, ich hätte ganz alleine diese vielen Hütten hier gebaut? Für wen denn?«

Jetzt nicken sie. Andrea blickt zum Boden und lässt danach ihren Blick über die Hütten streifen.

»Wer weiß, vielleicht wurden die Hütten ja von ihren Vorfahren gebaut«, sagt Tim, »vielleicht lebten sie früher oben in festen Häusern und sind dann nach einem Vulkanausbruch hier runtergezogen. Irgendwann wurde ihnen der Vulkan auch hier unten zu gefährlich, da sind sie einfach ganz abgehauen. – Vor deiner Ankunft.«

»Und die Metallfläche! Seht, dort drüben steht sie!«

»Den Absturz stellt niemand in Frage, Joe. Aber wo sind die Wilden denn alle hin? Einfach weg? Und warum? Drohte der Vulkan wirklich auszubrechen? Warum bist du dann noch hier? Was war los?«

Tims Frage sitzt tief.

»Mit Verlaub – wir denken eher, dass du die Wilden hier gar nicht angetroffen hast. Du warst die ganze Zeit allein! Sie waren für dich nur ein imaginärer Ersatz. Du hast dir das alles nur erträumt! Ein Volk verlässt sein Eiland nur, wenn das Land nichts mehr hergibt oder Gefahr droht«, resümiert Tim, »ein Unwetter zum Beispiel oder Piraten. Einen kürzlichen Vulkanausbruch können wir ausschließen. Wie wir hier sehen, ist er nicht ausgebrochen, sonst lägen ja hier überall Reste von Lava. Der Vulkan ist es also nicht. Meine Meinung: Du hast ein Problem.«

»Und dann dieser Spruch, sich keine Sorgen zu machen – was ergibt das für einen Sinn?«

Moritz schiebt Holz ins Feuer nach, was mit Knacken und Knistern einhergeht.

»Joe, du musst der Wahrheit ins Auge sehen. Rein sachlich gesehen ist es wahrscheinlicher, dass die Wilden, wenn sie denn *überhaupt* zu deiner Zeit hier waren, vor *dir* geflüchtet sind und dich mit »keine Sorgen machen« nur abgespeist haben. Die wollten einfach nicht, dass du ihnen nachrennst! Du warst ein Eindringling! Sie hatten Angst und suchten sich eine neue Insel! So wäre das zu interpretieren!«

»Und warum haben sie mich dann letztlich gut behandelt? Der stärkste Krieger hat mir sogar sein Messer geschenkt!«

Tim schüttelt den Kopf. »Beweise, Joe! Beweise!«

»Die Hütten *sind* die Beweise! Und hier: das Messer!«

Andrea nimmt es in die Hand, mustert es von allen Seiten. »Wir könnten Ausgrabungen machen. Vielleicht finden wir irgendwas«, sagt sie schließlich. Ihr Vorschlag wird mit Stirnrunzeln quittiert.

»Aber wenn sie die Toten gar nicht beerdigt, sondern aufs Meer gelassen haben, werden wir keine menschlichen Überreste finden!«, ergänzt Tim. »Und was sollen uns die Ausgrabungen über ihre Flucht verraten?«

Ich überlege. »Vielleicht sollten wir einfach die Hütten komplett durchsuchen«, schlage ich vor, »das bringt uns sicher weiter.«

Andrea nickt.

»Okay, Leute, dann lasst uns an die Arbeit gehen. Irgendwie müssen wir ja schließlich weiterkommen!«

»Nein«, widerspreche ich, »erzählt mir erst eure Geschichte!«

Jeder trinkt einen Schluck, Tim räuspert sich und fängt dann zu erzählen an: »Wir sind vielleicht fünf oder acht Tage auf dieser Insel. Wir hatten das gleiche Pech wie du. Nur sind wir nicht geflogen, sondern mit einem Segelschiff gefahren.«

»Mit der Tapir?!«, hake ich nach.

»Richtig, die Tapir, eine Dreimastbark. Wir haben an einem Segeltörn teilgenommen. Nur, dass es *so* ein Abenteuer wird, hatten wir natürlich nicht ahnen können.«

Moritz nickt.

»Es waren alle möglichen Leute an Bord – Ärzte, Studenten, Handwerker. Dann kam das Unwetter – vielleicht ist es sogar dasselbe gewesen, das dich hat abstürzen lassen.«

Ich nicke. Das könnte vielleicht stimmen.

»Die Tapir kam in Seenot. Zuerst hatten wir versucht, aus dem Wetter herauszufahren, aber das gelang der Mannschaft nicht. Wir stampften und schlingerten. Viele schlugen hin, brachen sich die Knochen. Andere sind aus dem Schiff geschleudert worden und ertranken. Einer ist sogar die Treppe heruntergerutscht und hat sich das Genick gebrochen. Dann dieses Geschrei, diese Panik! Es war die Hölle.«

Tim braucht eine kurze Pause, um fortzufahren: »Wir bekamen Schlagseite. Es ging so furchtbar schnell. Die letzten Habseligkeiten? Vergiss es, es ging ums nackte Überleben! Zuerst rutschten einige ins Wasser, weil das Deck plötzlich glatt wie eine Eisbahn war. Dabei wollten sie nur in die Kajüte. Wir drei konnten uns allerdings rechtzeitig in ein Rettungsboot flüchten. Und das war knapp, denn viele Boote waren bereits von der Wasserkraft zerstört. Das Meer kann so grausam sein; ich werde künftig nur noch in die Berge fahren.«

»Und dann seid ihr im Meer umhergetrieben ...«

»... ja, wir waren orientierungslos und hatten Hunger. Über welchen Zeitraum wir tatsächlich auf dem Meer trieben, können wir nicht sagen, aber die Notpäckchen waren zumindest schnell verbraucht. Die Zeit wollte einfach nicht vergehen. Wie lange sich ein Tag anfühlt, brauche ich dir nicht zu erzählen. Es regnete, die Wellen wurden immer höher. Irgendwann war es nur noch dunkel, so als hätte sich der Vorhang für immer zugezogen. Ermattet wachten wir auf, ohne eine Ahnung, wo wir sein könnten. Wir wurden an diese Insel gespült. Es war im Wesentlichen wie bei dir, aber es gab zwei Unterschiede: Während du auf einer Metallfläche ausgeharrt hast, waren wir in einem richtigen Boot. Und während du auf dich alleine gestellt warst, konnten wir uns gegenseitig stützen, ablenken – manchmal haben wir uns sogar Witze erzählt.«

Ich nicke und schaue in die schweigenden Gesichter der anderen. Andrea ringt nach Worten, verschluckt sich dabei. »Tim«, sagt sie nach einiger Zeit, »du … musst … die ganze Wahrheit sagen!«

Moritz nickt. »Ja, Tim – das bist du … den anderen schuldig!«

»Aber das bringt doch Joe nichts, das braucht er doch gar nicht zu erfahren!«

»Nein, Tim! Es geht ums Prinzip! Wir müssen ehrlich sein – das sagten wir schon im Boot!«

»Also schön«, stöhnt Tim, »die ganze Wahrheit. Aber das bleibt unter uns, verstanden?!«

Ich lasse meinen Kopf auf- und abwippen. Wem sollte ich es auch erzählen? Vepirr vielleicht?

»Also wir … wir waren nicht zu dritt im Boot. Wir waren … zu fünft! Zuerst ging es ganz gut, aber dann kamen Probleme. Hans wurde wahnsinnig, er fantasierte. Er hat Andrea bedrängt, dann schlug er sogar auf sie ein. Stell dir vor – in so einem kleinen Boot! Hans war ein sehr kräftiger Bursche. Ich ging dazwischen, das ganze Boot schwankte. Dabei fiel Markus ins Wasser und ertrank. Wegen seines gebrochenen Beines konnte er nicht schwimmen. Er war einer derjenigen, die auf dem Deck ausgerutscht waren. Hans wurde noch wütender, denn Markus war sein Bruder. Was soll man in diesen Sekunden tun? Hinterherspringen? Aber das konnte Hans nicht, weil ich ihn festgehalten hatte, wegen Andrea. Moritz schlief. Wen retten? Wen schützen? In welcher Reihenfolge? Man ist wie gelähmt.

Hans schwor Rache. Für ihn war ich der Schuldige. Hätte ich Andrea nicht beschützt, wäre Markus nicht ertrunken. Dass Hans selbst darin verwickelt war, interessierte ihn nicht. Fortan lauerte er darauf, dass wir einschliefen. Dann wollte er mir einen Dolch in die Rippen jagen und mich ins Wasser schubsen. Das hat er immer wieder gesagt! Jeden Tag! Wir hofften, dass seine Wut mit der Zeit nachlassen würde, aber wir irrten. Das Schlimmste war, dass er sich vollends in sich zurückzog. Das machte ihn unberechenbar.«

»Und dann?«, frage ich, weil Tim eine längere Pause macht.

»Eines Nachts wäre ihm sein Plan fast geglückt. Ich weiß nicht, warum, aber ich wachte plötzlich auf und blickte in seine Augen! Diese hasserfüllten Augen! Da Hans kräftig gebaut war und bereits über mir lag, waren meine Chancen gering. Ich wehrte mich trotzdem, was dazu führte, dass Andrea aufwachte und mir half. Und dann … ja dann … also … wir haben … wir haben … Hans … dann ins Meer … geschubst! … Es ging so schnell, als würde man taub einen Befehl ausführen! Die Wut hat uns gepackt, verstehst du?! Hatten wir ihn anfangs noch toleriert und geglaubt, dass er sich wieder beruhigen würde, waren wir nun genauso grausam wie er: Wir schlugen mit dem Paddel auf ihn ein. Er wurde bewusstlos – und ertrank.«

»Und da waren's nur noch drei«, sinniert Moritz.

Der auffrischende Wind scheint die Worte Tims wegblasen zu wollen, und es ist, als wolle das Rauschen der Bäume ihn trösten.

»Ich verstehe«, versuche ich das Schweigen zu durchbrechen, »ihr seid in Gewissensnot … aber irgendwie konntet ihr auch nicht anders. Das war eine Ausnahmesituation. Die Last kann euch niemand abnehmen, aber ihr könntet … vielleicht … eure Geschichte … umschreiben?«

Verblüfft schauen mich alle drei an. »Umschreiben? Wir hatten eh nicht vor, es anderen zu erzählen!«

»Natürlich, klar. Mit Umschreiben meine ich, dass ihr die Erlebnisse neu bewertet. Es war Notwehr, ihr hattet es ja zunächst im Guten versucht. *Er* war der Böse, nicht ihr! Und jetzt habt ihr überlebt! Jemand da oben will, dass ihr noch eine Aufgabe erfüllt! Ihr seid hier noch nicht fertig, Hans und Markus hingegen schon.«

Sechs Augen suchen an meinen Lippen Halt.

»Es war nicht euer Plan«, versuche ich, zu ergänzen, »ihr habt nur reagiert.«

Andrea versucht, zu lächeln, aber es hält nicht lange an. Tim und Moritz nicken, denken nach.

»Wollen wir reingehen?«, frage ich, da der Wind nochmals auffrischt und Regenwolken herannahen. So suchen wir vier in Pan-Pans Hütte Schutz.

Der Regen ist wieder mal heftig. Schaue ich hinaus,

sehe ich nur wässrige Striche, die das eigentliche Bild verwaschen.

Tim bietet mir an, den Thron zu reparieren, was ich ablehne. Er ist unter mir zerbrochen, also ist seine Zeit gekommen. Ich werde entweder selbst einen neuen Thron bauen oder sogar ganz auf ihn verzichten.

Am nächsten Tag steht das Wasser so hoch, dass wir uns draußen nur schwimmend bewegen können. Gottlob hatte Pan-Pan aber einen Kajak in seiner Hütte deponiert, den wir mit Mühe vom Dachgebälk abseilen. Tim und ich zwängen uns in diesen Kajak hinein. Da nicht alle ins Boot passen, müssen wir mehrmals hin- und herfahren, bis alle auf der Veranda der nächsten Hütte stehen. Gottlob sind es Pfahlbauten.

Zu viert gehen wir hinein, drehen jeden Topf um, öffnen Behälter, inspizieren die Waffen nach eingekerbten Zeichen, suchen Botschaften, klettern ins Dach – und finden eben leider keine Anhaltspunkte, die uns irgendwie weiterbringen. Dann fahren wir zur nächsten Hütte, und wieder zur nächsten. Überall das Gleiche: Werkzeug, Körbe und Masken. Vor allem in Mabouris und Narougs Hütte finden wir noch etliche Waffen. Die Hütten von Kigoma, Kibo, Mbololo und Ndugu stehen fast leer, so als wären sie als letzte hier angekommen und hätten sich noch nicht gänzlich eingerichtet.

Bleibt noch Mugambis Hütte, die des Medizinmannes. Hier verweilen wir besonders lange. Töpfe, Pinsel und Stäbe sind hier verteilt. An der Decke spannen Lianen, an denen Blätter befestigt sind. Dann entdecken wir in einer Ecke versteckt einen Stapel Papier. Andrea greift sich ihn und blättert darin, überfliegt den kryptischen Text mit hochgezogenen Augenbrauen.

»Was steht drin?«, möchte Tim wissen.

Andrea liest langsam vor: »Vepirr Bontak Bontaka Ulambre Bontuku Scho Bontu U-Bontu Ta-Wam-Pan.«

»Alles klar, und was heißt das Geschreibsel jetzt?«

Für einen Moment schweigen alle. Dann bringe ich mich ein: »Der heilige, bunte Vogel fliegt vom Himmel zum Baum auf die Erde zum Wasser. Kommt er zum Mensch, ist dieser gesund.«

Alle starren mich an. »Ich habe die Sprache gelernt«, erkläre ich mich, »habt ihr das vergessen? Und übrigens ist dieses Schriftstück ein Beweis!«

»Warte mal, hier blitzt etwas«, sagt Andrea und holt eine Platte hervor, inspiziert sie und vergleicht sie mit dem Manuskript. Danach bekomme ich sie herübergereicht. »Kennst du das hier auch?«

Ich schaue mir die Tafel an. Sie ist kupferfarben und wellig, überall sind Kreise mit Punkten eingraviert.

»Nein, diese Tafel kenne ich nicht!«, antworte ich, darüber verblüfft, sie bisher noch nicht entdeckt zu haben.

»Lauter Ringe!«, sagt sie.

»Vielleicht eine Landkarte?«

»Oder eine Seekarte!«

»Moment mal!«, rufe ich dann und stehe abrupt auf. »Vielleicht haben sie ein Modell meiner Metallfläche nachgebaut?! Von der Konrad Lorenz?! Das könnte ein weiterer Beweis sein!«

»Und warum dann die vielen Kreise?«, fragt mich Andrea, die die Tafel zurückhaben möchte.

Ich übergebe sie ihr. Sie dreht sie, hält sie schräg gegen

das Licht. »Ich weiß nicht«, murmelt sie, »aber mich lässt der Gedanke nicht los, dass diese Kreise vielleicht … Goldschätze markieren sollen?«

Wir paddeln los, doch ich bin nur noch im Gedankenkarussell gefangen. Andrea hält die Tafel fest in der Hand, als wäre sie die alleinige, rechtmäßige Besitzerin. Ich kann sie noch nicht richtig einschätzen, aber wenn Goldschätze im Spiel sind, ist sich meistens jeder selbst der Nächste.

»Ich werde mir die Tafel mal morgen genauer ansehen«, erkläre ich, um meine Besitzansprüche geltend zu machen, »vielleicht fällt mir dazu doch noch etwas ein!«

»Das klingt, als hättest du schon eine Vermutung!«, stichelt Andrea.

»Nein«, lüge ich, »aber morgen ist das Licht bestimmt besser als heute, da kann ich mehr herauslesen. Ich war ja schließlich lange genug hier!«

Das verstehen alle. Schließlich legen wir an Pan-Pans Hütte an und gehen hinein.

Es ist seltsam, aber ich werde das Gefühl nicht los, dass diese Tafel der Schlüssel zu Pan-Theras Tor ist, weil es dort auch so einen Kreis mit einem Punkt gibt. Und obwohl mir die drei dabei sicher gut helfen könnten, sagt mir meine innere Stimme, dass ich das besser alleine herausfinden muss.

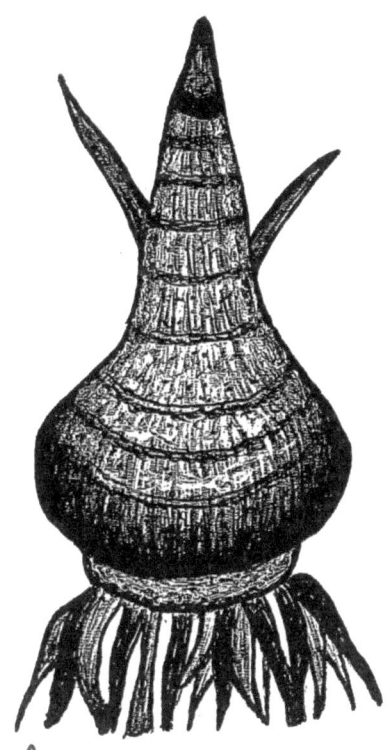

Das letzte Kapitel …

Am nächsten Morgen ist das Regenwasser komplett abgeflossen, sodass wir wieder draußen auf halbwegs trockenem Boden frühstücken können. Das letzte Blatt von Cynthia hatte ich bereits gestern in einen Topf gepflanzt und ans Fenster gestellt.

»Hast du dir das Blechteil schon näher angesehen?«, drängelt Andrea, während sie ihre zweite Frucht hinunterschluckt.

»Mache ich nachher noch«, sage ich, «allerdings allein.«

Meine Antwort lässt Andrea aufhorchen. »Warum?«, will sie von mir wissen.

Diese Frage war zu erwarten. Wie soll ich das jetzt erklären, ohne sie zu verletzen oder gar noch neugieriger zu machen?

»Es ist … also … ich – ich brauche absolute Ruhe, um mich in Stimmung zu bringen. Die Ureinwohner hatten Bräuche, die ich nur alleine nachempfinden kann. Ihr kennt das nicht und würdet es auch nicht nachvollziehen können. Das ist alles sehr sensibel und kompliziert, versteht ihr? Wenn die Sonne also mittags am hellsten scheint, werde ich an einer einsamen Stelle sein und meditieren. Und dann sehe ich mir die Tafel ganz genau an. Danach komme ich zurück und berichte euch – versprochen!«

»Mit anderen Worten, wir stören!«, trötet Andrea.

»Es hat nichts mit euch direkt zu tun«, verteidige ich mich, »es sind meine persönlichen Erfahrungen, die ich noch einmal reflektieren will, um euch dann umfassend davon zu erzählen.«

Ihren Blicken entnehme ich, dass sie von meiner Idee nicht begeistert sind. Nur widerwillig akzeptieren sie meine Entscheidung, und für kurze Zeit flüstern sie sich sogar etwas zu.

Was auch immer in ihren Köpfen herumgeht, ich sollte mich vor ihnen besser in Acht nehmen. Und um sicherzugehen, auch wirklich nachher alleine zu sein, verspreche ich ihnen, sie später einmal zu der besagten Stelle zu führen. Doch ob ich dieses Versprechen wirklich einhalten kann und ob ich es einhalten will, weiß ich selbst noch nicht genau.

Nach einiger Zeit verabschiede ich mich, verstaue die Tafel im Rucksack und mache mich auf den Weg. Vorsichtshalber drehe ich mich noch mal um – ist mir jemand gefolgt? Bisher nicht.

Mit gemischten Gefühlen laufe ich am Strand entlang, summe ein Lied, um mir das Gefühl von Leichtigkeit zu vermitteln. Aber es stellt sich nicht ein, im Gegenteil: Je mehr ich versuche, es auf die leichte Schulter zu nehmen, desto enger ziehen sich meine Magenwände zusammen. Mein Bauch sagt mir, dass ich etwas Entscheidendes erleben werde, das mir vielleicht nicht gefällt. Dabei geht es doch hier nur um eine wellige Tafel und um ein lächerliches Tor. Doch die warnende Stimme gibt keine Ruhe.

Am Felsen vorbeigekommen schaue ich nur kurz auf die Stelle, an der seinerzeit die Knochen lagen. Wellen überspülen den nassen Sand und meine Füße. Schieben sie mich voran oder wollen sie mich eher festhalten? Natürlich sagen es mir die Wellen nicht. Ich muss es alleine herausfinden und gehe weiter.

Endlich habe ich die Palme erreicht, an der wir seinerzeit in den Urwald abgebogen sind und ich das Meer nun ebenfalls hinter mir lassen muss. Ehrfürchtig reihen sich riesige Bäume, Palmen und manchmal sogar Kakteen an den Wegesrand, der sich durch den Dschungel schlängelt und ins Dunkle zu verschwinden vermag. Tatsächlich werden die Blätter wieder größer, dichter, sodass nur wenig Licht hineindringt. Drei Papageienblumen, die am Wegesrand blühen, trotzen dem mangelnden Licht. Seinerzeit hatte ich sie hier nicht entdeckt, vielleicht, weil sie erst vor Kurzem aufgeblüht sind oder ich einfach keinen Sinn dafür hatte. Ein Wind lässt die Baumkronen rauschen. Es fühlt sich an, als wollten sie mir etwas sagen.

Dann erreiche ich die Felswand, die wie aus dem Nichts vor mir auftaucht und wie der Schuh eines Riesen aussieht. Ich umlaufe das Monster und stehe vor der Treppe, die zur Ruinenstadt führt – genau wie vor wenigen Tagen.

Wie viele Stufen sind es? Ich hatte sie damals nicht gezählt. Als ich den ersten Schritt hinaufgehe, mahnt mich wieder mein Bauchgefühl, es zu lassen – doch ich überwinde mich, stopfe meine Opposition ganz weit nach unten und versuche, sie zu vergessen.

Fünfzehn, sechzehn, siebzehn – am Anfang macht es sogar Spaß. Manche Stufen sind höher, andere flacher, so dass man sich erst gar nicht in einen Rhythmus einlaufen kann. Jeder Schritt will bedacht sein, Stufe um Stufe erklimme ich die Treppe, während mich der Rucksack inzwischen wie ein Freund umklammert.

Hundertfünfundzwanzig, sechsundzwanzig, siebenundzwanzig … da klappert doch tatsächlich eine Stufe unter mir … sie wird doch nicht noch wegbrechen? Aber die Treppe hält.

Zweihundertfünf, zweihundertsechs – oder bin ich schon bei *drei*hundertsechs?

Dreihundertzwanzig, einundzwanzig … dreihundertneunzig … fünfhundert – dann bin ich angekommen.

Vor mir breitet sich der Platz wie eine heilige Stätte aus, die aus der Zeit gefallen ist. Ich kann nicht sagen, ob ich mich darüber freuen soll oder nicht. Es fühlt sich leer an. Vielleicht wäre es besser, gleich wieder umzukehren?

Rechts thront die große Felswand, links das Ruinenmeer, dazwischen steht Pan-Theras Tor. Im Hintergrund qualmt der Vulkan stoisch kleine Wolken aus, als würde Pan-Pan darin sitzen und rauchen. Zum zweiten Mal stehe ich hier und es wirkt gespenstischer denn je. Keine Menschenseele ist hier außer mir.

Ich entschließe mich, erst noch einmal zu den Ruinen zu gehen, bevor ich mir die Tafel genauer ansehe. Warum ich das tue, kann ich nicht sagen, aber es beruhigt mich etwas.

Langsam gehe ich in die erste Ruine, die wie alle kein Dach mehr hat und deren Wände mit Efeu bewachsen sind. Vorsichtig schaue ich mich um – aber es gibt nur Stille, schweigende Wände … die Ewigkeit.

Ich betrete die nächste Ruine. Das Gleiche. Zu rufen wage ich diesmal nicht – was, wenn tatsächlich jemand kommt? Dann die nächste Ruine … sämtliche Fußspuren wurden von Wind und Regen ausgelöscht. Im ehemaligen Tempel bleibe ich stehen, atme den Duft des Gemäuers ein, das nach dem Regen einen leichten, erdigen Geruch versprüht. Vertrauensvoll lehne ich mich an eine Wand, aber die wandernde Sonne ermahnt mich zur Umkehr. Auf dem großen Platz will ich mir doch die Blechtafel ansehen. Schweren Herzens, weil ich im Tempel gerne länger verweilen würde, greife ich meine Sachen, schleppe mich behäbig, als würde ich aus einem tiefen Schlaf erwachen und nicht aufstehen wollen, zum Platz zurück.

Dort angekommen streife ich den Rucksack ab. Ich kann es mir nicht erklären, aber alles hört sich auf einmal ganz anders an. Kann Stille stiller als still sein? Mein Magen beschwert sich auch schon wieder. Er möchte ans Meer zurück, sagt er. »Machen wir später«, tröste ich ihn.

Neben den Resten des Lagerfeuers setze ich mich hin, öffne widerwillig den Rucksack und hole die Blechtafel heraus. Sie wirkt auf einmal viel größer, heller, plastischer.

Ich halte sie fest in beiden Händen. Alle Kreise sind mit ihren mittigen Punkten gut zu erkennen. Ich vergleiche sie mit Pan-Theras Tor – tatsächlich, auch dort ist so ein Kreis zu sehen. Ich hatte also recht, Tor und Tafel müssen irgendwie zusammenhängen.

Ich halte die Tafel schräg, drehe, kippe sie. Aber ich kann nichts erkennen, was mich auch nur irgendwie weiterbringt. Und wenn ich ehrlich bin, hatte ich das auch nicht wirklich erwartet. Wenn ich ehrlich bin, war das alles nur ein Vorwand.

Der Zeitpunkt ist gekommen, ohne Umschweife das zu tun, was ich mir tatsächlich vorgenommen habe. Das, warum ich vorhin mit mir gehadert habe – am Strand, in den Wellen, die mich zurückhalten wollten, sogar jetzt in den Ruinen … Doch hier gibt es keine Wellen, es gibt nur das wandernde Sonnenlicht. Und je länger ich warte, desto schwieriger wird es, weil sich die Lichtverhältnisse ändern. Ich muss in Pan-Theras Tor hinein, aber mit Umsicht.

Zittrig halte ich die Tafel hoch, drehe sie wieder so, dass das Sonnenlicht auftrifft. Dann neige ich sie um wenige Grad, bis der Lichtstrahl direkt in Pan-Theras Tor fällt. Jetzt bekommt alles viel mehr Tiefe, Struktur … das Tor wird schöner!

Eine Weile warte ich, um zu sehen, ob das hineingeworfene Licht etwas bewirkt. So wie bei den Bauten alter Kulturen, die ihre Felssteine so ausgerichtet hatten, dass das Licht zu einem bestimmten Zeitpunkt auf eine bestimmte Stelle trifft. Aber nichts dergleichen. Dann stehe ich auf, gehe langsam zum Tor, die reflektierende Tafel fest in der Hand. Zwei Schritte, drei Schritte … ich kann bislang nur eine nach hinten versetzte Wand und einen Schatten von ihr erkennen, mehr nicht.

Obwohl ich fast am Boden klebe, gehe ich zielstrebig

weiter. Jetzt muss ich die Tafel mehr anwinkeln, damit das Sonnenlicht weiter hineinscheint. Noch drei Schritte, dann stehe ich vor den Stufen. Auf der Wand zeigt sich nun eine sehr dünne, wellige Linie, die mich an die Form der Tafel erinnert – es könnte eine heiße Spur sein. Aber mir ist innerlich so kalt, als stünde ich vor einer Eiswand. Die erste Stufe, die zweite, dann die dritte … ich traue mich kaum zu atmen … dann fasse ich die Wand an, schaue nach links und rechts – und sehe einen Gang, der um die Ecke biegt. Pan-Pan wollte damals nicht, dass ich hineingehe – dass niemand hineingeht. Ich kann nur hoffen, dass seine Bedenken unbegründet waren.

Nachdem ich diese Wand langsam umlaufen habe, stehe ich vor einer weiteren Wand, in deren Mitte ein Spalt eingelassen ist, vielleicht bis zu dreißig Zentimeter breit. Er sieht geheimnisvoll aus, könnte sogar eine Falle sein. Langsam pirsche ich mich heran, blinzle vorsichtig hindurch, als würde ich durch ein Spionloch blicken.

Überall nur Stille.
Und ein Irrgarten!

Ich hebe einen Stein auf, werfe ihn hindurch. Zweimal prallt er ab, bis er endgültig auf dem Steinboden liegen bleibt. Aber er löst nichts aus – na schön, dann werde ich jetzt meinen Kopf durchschieben. Hoffentlich ist das hier keine Guillotine …

Als mein Haarschopf den Spalt durchquert, umweht mich dann doch ein Windhauch, der sich tatsächlich wie die Luftwelle eines Fallbeils anfühlt. Aber es geht gut aus, mein Kopf bleibt heil. Ich blicke schnell in alle

Richtungen – und sehe nichts als beschriftete Wände. Überall Worte, Zeichnungen, Symbole.

Ich kann nicht anders als hindurchzusteigen, schließlich stehe ich gänzlich auf der anderen Seite.

Mein Atem steht still. Oben ist um jede Wand ein Vorsprung gezogen, der das Gemäuer wie ein Bilderrahmen umschließt. Durch diese große Öffnung kommt Tageslicht hinein, weshalb ein langer, schmaler Schatten an der Wand zu sehen ist – mein Schatten.

Mir wird ganz mulmig. Die Ahnung, in einer Opferstätte zu stehen, drängt sich auf. Und dass ich auf einer Falltür stehe. Die beschrifteten Wände könnten ein Lockmittel sein …

Mein Atem presst sich wie eine Stange durch den Körper. Zwei Schritte gehe ich vor, bleibe stehen, drehe mich langsam im Kreis, als hätte ich eine Kamera in der Hand. Es ist überall das Gleiche: kein Fleckchen, das unbeschrieben ist. Überall Zeichen, Symbole und Worte. Was hat das zu bedeuten?

Ich lege Rucksack und Blechtafel aus der Hand, um mich freier bewegen zu können. Kaum habe ich das getan, bereue ich es schon, da mir der Rucksack das Gefühl des Gehaltenwerdens gibt. Vorsichtig schleiche ich mich ganz nah an die Wand heran, sodass ich sie fast einatme, fahre mit der Hand über die eingeritzten Bilder, betrachte das vor mir geschriebene Wort – und dann läuft mir ein kalter Schauer über den Rücken.

Ich bin außerstande, auch nur einen Schritt zurückzugehen. Es dauert lange, bis ich begreife, bis sich mein Atem wieder beruhigt. Noch immer stolpert er sich durch meine Lungen, überschlägt sich wie ein losgelassenes Pferd. Dann fasse ich die Wand an, um zu spüren, ob ich tatsächlich hier bin und ob diese Wand wirklich existiert. Langsam wandert meine Hand über die Einkerbungen, die so fest sind, dass sie nicht wegbröckeln können. Natürlich existiert diese Wand, und ich kann es nicht leugnen: Vor mir steht das Wort »Tra-lan-doa« … und daneben mein richtiger Name »Joe Forrest«!

Ich setze mich hin. Mir wird klar, dass jemand hier meinen Namen festgehalten hat, und dass dieser Jemand meine Geschichte kennt. Womöglich beziehen sich die anderen Worte und Symbole auch auf mich? Möglich wäre es. Aber wer hat hier bitte meinen Namen eingraviert, wenn keiner reindurfte? Und warum? Und dann noch in beiden Versionen? Und warum sollte ich das bislang nicht wissen dürfen?

Der Strudel in meinem Kopf reißt sämtliche Gedankenkonstruktionen weg. Ich hatte alles erwartet – nur nicht das. Dann fällt mir ein, dass nur eine einzige Person hier reindurfte: Pan-Thera! Nur sie konnte das alles hinterlassen haben! Wenn sie dann mal erschienen ist, umwob sie ja auch ohnehin immer ein großes Geheimnis; Pan-Thera, die heimliche Königin!

Aber ich habe nie mit ihr gesprochen, woher also würde sie meinen Namen wissen? Von den anderen, die sie auch nur selten sahen?

Ich stehe auf und schaue mir alles genauer an. Die verschiedenen, eingravierten Schriften und Symbole lassen entweder darauf schließen, dass Pan-Thera verschiedene Werkzeuge benutzte – oder dass es doch mehrere Urheber gibt. Mugambi vielleicht, oder Pan-Pan selbst. Aber Pan-Pan war zu sehr Herrscher, als das er sich dazu herabgelassen hätte, hier etwas einzuritzen. Bleibt also nur noch Mugambi übrig. Oder Mabouri.

Ich lese weiter. Manche Symbole erinnern mich an Vepirr, wenn ich mir die eine oder andere Linie weg- oder dazudenke. Immer wieder entdecke ich neue Zeichen, die so aussehen, als hätten sie so gar keine Bedeutung. Manchmal muss ich wieder von vorne beginnen, weil die Zeilen viel zu eng sind oder sogar ineinander übergehen. Ich nehme meinen Finger zu Hilfe, führe ihn wie ein Erstklässler die Linie entlang ... doch dann bleibt meine Hand plötzlich wie elektrisiert stehen.

Ich wende mich ab, suche mir einen neutralen Punkt, so es ihn hier überhaupt gibt. Dann blicke ich wieder auf die Wand, auf die diesmal leicht verwaschenen Zeichen. Langsam spreche ich das Gelesene aus, als wollte ich mich damit selbst überzeugen ... »Sita« lese ich ... und daneben steht ein anderer, mir ebenfalls bekannter Name.

Da hat mir jemand nachspioniert! Da hat mich jemand sehr wohl gut verstanden, ist heimlich in diesen Irrgarten spaziert und hat alles, was er von mir gehört hat, hier aufgeschrieben! Klar habe ich im Schlaf gesprochen nach alldem, was mir passiert ist! Sicher habe ich dabei auch den einen oder anderen Namen erwähnt, bei diesem Wahnsinn hier ist alles möglich!

Ich schüttele mich wie ein nasser Hund, versuche, meine Muskeln zu lockern. Das Laufband der Ereignisse – was gäbe ich, könnte ich es zurückspulen ...

Ich fasse allen Mut zusammen und betrachte abermals die Wand, die viel mehr ist als nur ein steinernes Gemäuer. Dann entdecke ich eine Zeichnung, die eine starke Sogkraft auf mich ausübt: ein Baum. Ein übergroßer Pan-Pan. Ein riesiges Lagerfeuer.

Doch das alles erklärt nicht das Verschwinden der Wilden. Diese Hinterlassenschaften beweisen nur, dass jemand etwas aufschrieb, was er im Dorf mitgehört oder miterlebt hatte, mehr nicht.

Von Zeile zu Zeile tastend versuche ich, alles, was halbwegs lesbar ist, auszusprechen. Wenn nur nicht dieser Vogeldreck hier wäre; gerade an dieser Stelle muss ihn ein vorbeifliegender Vepirr an die Wand geschleudert haben. Ich schabe an der Kruste, die nur widerwillig herunterbröckelt. Vorsichtig entferne ich den letzten Rest und sehe eine längere Wortkombination, vermengt mit Punkten und Symbolen. Ich versuche, sie zu entziffern, stolpere dabei aber über jedes zweite Zeichen, als hätte ich das Lesen gänzlich verlernt. Und dann entdecke ich zwei Namen … Naroug und Ndugu … die von weiteren Namen flankiert werden.

Ich versuche, den aufkommenden Schleier wegzublinzeln. Es gelingt mir nur mit Mühe. Obwohl es mir schwerfällt, richte ich meinen Blick noch einmal auf diese Wand, doch dann versagt mein Kreislauf. Ich liege am Boden, von einem Würgereiz umklammert – nur mit Mühe kann ich mich noch abstützen.

Das kann doch nicht wahr sein! Wie kommt es … da hat sich doch jemand … einen Scherz … erlaubt?!

Ich kralle mich an die Wand, möchte die eingekerbten Zeichen herausnehmen. Sie mit meinen Händen zerreiben, ungültig machen. Doch diese Zeichen stehen fest im Gestein. Was hier steht, hat seine Gültigkeit, hat seine Berechtigung, hat seinen Sinn.

Niemals habe ich das hier erwartet, und jetzt wird mir auch klar, warum Pan-Pan das Verbot aussprach. Es hatte seinen Grund, warum hier niemand hindurchgehen durfte. Urplötzlich erinnere ich mich an die Schnecke, die ich im Wald während des Regens gehalten hatte. Doch das ist vorbei, nun ist alles anders. Ganz anders.

Ich gehe zur Raummitte, greife Rucksack und Tafel, werfe noch mal einen Blick auf die Wand – dann gehe ich wieder durch den Spalt hindurch und laufe den Gang entlang zum Tor. Auf der obersten Stufe bleibe ich stehen, atme tief ein und aus, schaue über den Platz, an dem wir seinerzeit gefeiert hatten. Dann trotte ich die wenigen Stufen hinunter. Nur mit Mühe schlurfe ich zum Waldrand; sämtliche Kräfte scheinen aus meinen Knochen gewichen zu sein. Zwei Ballonfrüchte schneide ich ab – die erste esse ich gleich auf, um wieder zu Kräften zu kommen, die andere stopfe ich in den Rucksack, für Andrea, Tim und Moritz, die sich nachher ebenfalls stärken müssen.

Die ersten Stufen der Treppe laufe ich so schnell hinunter, als würde ich fliehen. Aber vor wem denn bitte? Es ist doch eh niemand mehr da! Der einzige, vor dem ich flüchte, bin ich selbst! Das Ganze war ein Fehler gewesen. Mugambi hatte ja auch gesagt, dass ich mir keine Sorgen zu machen brauche – aber die machte ich mir eben doch. Und das habe ich nun davon: ein paar Sorgen mehr. Da hatte ich doch tatsächlich befürchtet, im Labyrinth von einem Fallbeil getötet zu werden. Aber hier kann man ja gar nicht getötet werden – denn es gibt nur einen Tod auf der Welt!

Ich muss blind gewesen sein. Ich bin mit offenen Augen durch diese Insel gegangen und habe es nicht erkannt: Ich habe den Flugzeugabsturz gar nicht überlebt! Ich bin nicht von einem Vogel gerettet worden! Ich musste den Ureinwohnern nichts beweisen! … denn zu diesem Zeitpunkt war ich bereits tot! Diese Insel ist das Jenseits! Möglicherweise bin ich schon im Flugzeug gestorben, als der Blitz einschlug, im freien Fall oder erst später auf der Metallfläche, im Meer. Die Fahrt über den Ozean war keine Rettung, sie war die Überfahrt ins Jenseits! Und auch Andrea, Tim und Moritz sind tot – nur wissen sie es noch nicht! Auch ihre Namen stehen an der Wand, genau wie die von Hans und Markus. Und diese Treppe hier ist der Weg ins ewige Licht!

Wie ein Schwarm Schmetterlinge entfalten sich die Ereignisse. Details, die bisher keinen Zusammenhang hatten, puzzeln sich zu einem Gesamtbild, das ich erst jetzt erkenne. Ich heiße Joe Forrest, drüben, in der irdischen Welt. Hier im Jenseits heiße ich Tra-lan-doa! Das ist eine Verknüpfung zu »Translator«, wovon ich immer sprach. Die Wilden waren involvierter als ich dachte. Sie waren in Wirklichkeit gar keine Wilden, sondern die Passagiere und die Besatzung der Konrad Lorenz! Auch sie kamen aus der alten Welt, wie ich, nur hießen sie dort eben Lucy und Feuerbaum. Häuptling Pan-Pan war der alte Käpt'n Feuerbaum in Person! Daher auch die Zeichnung mit dem Lagerfeuer und dem Baum an der Wand! Ich hatte meinen alten Käpt'n in neuer Gestalt wiedergetroffen!

Sita war nichts anderes als die frühere Lucy! Sie sind alle vor mir im Jenseits angekommen, aber ich wollte es nicht erkennen! Warum war ich so blind? Dabei lag es doch auf der Hand: Pan-Pan hieß so, weil »Pan-Pan« eben ein Notruf in der Flugsprache ist, die Vorstufe von »Mayday«! Pan-Pan rauchte, Feuerbaum auch! Pan-Pan war eigensinnig und herrschsüchtig, Feuerbaum auch! Und weil Pan-Pan doch noch etwas vom Fliegen wusste oder ahnte, forderte er die Metallfläche als Geschenk ein! Da war eben doch noch ein Funken Erinnerung an die Fliegerei übrig! Das alles passt wie angegossen zusammen. Und genauso verhält es sich mit den beiden Brüdern im Rettungsboot der Tapir, Hans und Markus, die im Jenseits Naroug und Ndugu hießen! Hans, der kräftige, hatte Andrea im Rettungsboot bedroht, später auch die anderen. In der Notwehr hatten sie ihn dann über Bord geworfen, worauf er starb. Im Jenseits hieß er dann Naroug und machte sich später auch an mich heran, bedrohte mich genauso. Deshalb stehen an der Wand auch seine beiden Namen nebeneinander, genau wie bei mir. Andrea, Tim und Moritz sind dann etwas später gestorben, waren ebenfalls Opfer des Unwetters, sind vielleicht sogar im Rettungsboot verhungert und kamen letztlich auch hier im Jenseits an …

Und die Schlange! Wir hatten im Wald eine riesige Schlange erlegt – sie ist das Tier im Paradies schlechthin! Adam und Eva, der Apfel … die Schlange … ich sollte doch für Naroug eine Frucht pflücken – die Frucht der Erkenntnis! Naroug wurde nicht etwa sanfter, weil er seinen Bruder verloren hat und sich dem Schicksal ergab, sondern weil ihm durch das Erlegen der Schlange die Augen geöffnet wurden! Er hat seinen wahren Kern erkannt, deshalb wollte er sich bei mir auch entschuldigen. Er tat das mit einer Zeremonie: Ich sollte für ihn die Frucht pflücken – eine Frucht, die auch mir die Augen öffnen sollte. Doch ich war zu blind dafür!

Mein Gott, was hast du mir angetan? Und wo bist du überhaupt? Warum kommst du nicht einfach herunter und zeigst dich? Warum wird das alles so verschlüsselt?

Ich laufe weiter, bis eine Unstimmigkeit hereinplatzt, die ich in meinem Erklärungsmodell nicht unterbringen kann. Wie ein warnendes Licht flackert sie auf, bremst meinen Gedankenfluss, stellt wieder alles infrage, hält mich an: Sie hatten doch die Toten in Einbäume gelegt und zu Wasser gelassen! Warum und woran sind die denn gestorben, wenn sie bereits tot waren – und wo sind die denn hin, wenn das hier schon das Jenseits ist? Und was ist mit denen, die freiwillig weggefahren sind?!

Ich massiere mir die Stirn, die sich in tiefe Falten schiebt und spannt. Mein Kopf ist mit Informationen vollgestopft und kann sie nicht ordnen. Das Ganze ist ein Synapsenfeuerwerk, ein Puzzle mit vielen Fallen und Verstrickungen. Doch je länger ich darüber nachdenke, desto mehr kristallisiert sich eine Erklärung heraus, die das Ganze vielleicht ins Lot rückt – jedenfalls soweit ich das von hier aus beurteilen kann.

Das hier ist nicht wirklich das Paradies, das wir uns auf Erden immer vorgestellt haben, sonst wären wir ja auch nicht von Insekten angegriffen worden! Das hier ist ein Limbus – ein Wartezimmer zum Himmel! Jeder, der hier ankommt, muss sich vom irdischen Leben reinigen, noch einmal eine Probe bestehen, um dann den wirklich letzten Übergang ins Jenseits zu vollbringen – ins Paradies.

Und alle, die hier »gestorben« sind und in Einbäume gelegt wurden, haben diese Probe nicht bestanden und sind ins irdische Leben zurückgekehrt. Und diejenigen, die freiwillig weggefahren sind, wurden vom irdischen Leben zurückgerufen, weil sie auf Erden doch noch etwas zu erledigen haben. Diese Menschen leben wieder! Man wird dann in der alten Welt sagen, sie hatten Glück gehabt, seien aus dem Koma erwacht oder durch andere Umstände gerettet worden. Insofern gönne ich es Sita, dass sie jetzt wieder als meine alte Lucy auf der Erde weiterleben kann. Und ich bin darüber gar nicht traurig: Immerhin habe ich Lucy durch Sita geliebt, das vollendet, was mir auf Erden nicht gelungen ist. Lucy, lebe wohl – ich liebe dich!

Und alle anderen sind jetzt im Himmelreich, im Paradies. Sie haben es geschafft ... Pan-Pan, Mugambi ... und deshalb sollte ich mir auch keine Gedanken machen. Alles ist gut.

Langsam stehe ich auf, ahnend, dass das noch nicht das Ende der Fahnenstange ist. Warum zum Beispiel hatten sie verschiedene Sprachen gesprochen? Gehörte das zur Bewährungsprobe? Hat das vielleicht etwas mit dem »Turmbau zu Babel« zu tun – mit den Ruinen, die vielleicht gar keine Ruinen sind, sondern nur unvollendete Bauten? Unvollendet wie wir Menschen? Unvollkommen wie alles?

Vielleicht ... habe ich ... die irdische Welt ... ja auch gar nicht ... im Meer ... sondern ... erst ... viel ... später ... verlassen ... oben, auf dem Berg ... als mich die Ureinwohner nach dem Fest endgültig verließen, in den Ruinen verschwanden und … ich … eingeschlafen bin? … Das … würde erklären, warum wir uns bis dahin nicht richtig verstanden haben … nämlich weil ich zu diesem Zeitpunkt noch lebte, sozusagen auf einer Vorstufe des Jenseits war … während die anderen bereits die nächste Ebene erreicht hatten … in dieser anderen Welt …

Ich gehe die Stufen weiter hinunter, kann meinen Blick kaum woanders hin richten als auf diese Treppe, die mir tatsächlich wie mein Lebensband erscheint – gefaltet, abgeschlossen.

Zweihundertfünf, sechs, sieben, acht – Schritt für Schritt gehe ich in mein neues Leben zurück, gefestigt und irritiert zugleich. Denn wie erfahre ich, dass ich für den letzten Übergang bereit bin? Und wann wird das sein? Oder muss ich etwa auch noch zur Erde zurück? Und wie bringe ich es den drei Leuten unten bei? Soll ich es ihnen überhaupt sagen? Darf ich es ihnen sagen?

Unten angekommen atme ich die Meeresluft ein. Ein paar Vögel fliegen übers Meer, blicken zu mir herab, krächzen und fliegen weiter. Wahrscheinlich sind auch diese Vögel aus der alten Welt, auch die Pflanzen, der Sand – und der Wind. Alles hat seinen Sinn.

Dann gehe ich am Strand entlang, Richtung Dorf, vorbei an Palmen und Felsen. Prickelnde Wellen umspülen meine Füße, was sich besser als vorhin anfühlt. Diesmal wollen die Wellen mich nicht anhalten, diesmal wollen sie mich streicheln, willkommen heißen. Und das bin ich tatsächlich: Willkommen! Auf einmal spüre ich einen tiefen Frieden in mir, der sich wie ein junger, wachsender Baum entfaltet und mich von innen umarmt. Ich fühle Wärme, Dankbarkeit und sogar Freude. In dieser neuen Welt, welche es auch immer sein mag, bin ich behütet, geborgen. Ich bin freier als jemals zuvor und habe alle Zeit der Welt, die in Ewigkeit mündet. Ich muss gar nichts mehr tun. Ich muss keine Lasten mehr tragen. Ich muss nur noch abwarten und genießen. Am Ende hält Gott die Hand auf, wie ich es mit der Schnecke getan habe. Und dann fängt *das neue Leben* erst an …

Bald erreiche ich die Stelle, an der ich einst angespült wurde. Ein Schmunzeln huscht mir über den Mund, das lange anhält.

Genau in diesem Augenblick kommen Andrea, Tim und Moritz aus dem Wald zum Strand gerannt. Sie hatten mich schon von Weitem erkannt, winken mir zu, freuen sich; Andrea hüpft sogar.

»Wo warst du denn so lange?«, fragt mich Tim, während Andrea gleich die Blechtafel wiederhaben möchte. Von mir aus kann sie die bekommen, ich brauche so etwas nicht mehr. Lange schaue ich alle drei an – da stehen sie nun, die noch nicht wissen, wo sie tatsächlich gelandet sind …

»Was ist?«, sprudelt es mir entgegen.

»Nichts – alles … okay«, entgegne ich und streife meinen Rucksack ab, um Zeit zu gewinnen.

»Und was hast du herausgefunden?«

Die Frage war zu erwarten. »Wisst ihr – es ist … nicht viel … dabei herausgekommen. Ich habe mir … die

Tafel im hellsten Licht angesehen, ganz oben! Aber …
außer einen Kratzer … links unten habe ich … nichts
Neues entdeckt.«

Schweigen.

»Ist das alles?«, fragt Andrea enttäuscht. »Du wirkst
so eigenartig!«

»Nein … da war … noch etwas«, sage ich, weil ich
merke, dass dieser Kratzer allein mein langes Fortbleiben
nicht erklärt. Sicher erwarten sie jetzt, dass ich von einer
»inneren« Begegnung mit den Ureinwohnern berichte.

»Und?«

Ich blicke gedankenverloren zum Meer, als würde ich
darin die Lösung finden können. Für einen Augenblick
tanzt mir dann das Gewissen im Nacken, ihnen doch
die Wahrheit zu sagen.

»Es war ganz komisch«, erkläre ich, »ich bin … eingeschlafen, oben auf dem Berg. Deshalb bin ich auch so
spät dran. Und dann habe ich … etwas … geträumt.«

»Von den Wilden!?«

»Ja … aber nicht nur davon. Es war viel mehr, es ist …
aber ihr würdet es mir ohnehin nicht glauben!«

»Nein, Joe, wir waren auch zu dir ehrlich! Erzähl uns
von deinem Traum, es bleibt unter uns!«

Ich stecke meine Hände tief in die Taschen, als wolle
ich mich damit selbst halten. Schließlich schaue ich alle
drei an.

»Manche Träume sollte man nicht erzählen, sonst gehen sie verloren«, sage ich mit fester Stimme, »das ist
wichtig! Aber vielleicht … erzähle ich … später einmal
davon. Später, wenn die Zeit gekommen ist.«

Die drei nicken und schauen mich an, als hätten sie jemand vor sich, der nicht mehr richtig im Oberstübchen tickt. Andrea setzt zu einer Frage an, würgt sie jedoch von selbst ab. Es sieht so aus, als hätten sie sogar Mitleid mit mir.

Wir schlendern den Hang hinauf, gehen an den Palmen vorbei bis zu den Hütten. Andrea bereitet das Abendessen zu, während ich einen neuen Plan schmiede.

Ich werde alles aufschreiben, von Anfang bis zum Ende. Und zeichnen! Ich werde ein Fass zimmern, es mit Insektenflüssigkeit abdichten, einige Zeit trocknen lassen, dann das beschriebene Papier hineinlegen und die Trommel verschließen. Mit der nächsten günstigen Strömung schiebe ich das Fass ins Meer.

Vielleicht geht mein Plan auf, und es kommt irgendwann am anderen Ende an. Wenn Glück im Spiel ist, bleibt die Trommel heil – und vielleicht macht jemand dann sogar daraus ein Buch.

Andrea prostet mir zu, und wir trinken Wasser aus dem Bach, das sie mit Früchten vermengt hat. Das Essen schmeckt. Dann kommt ein Vepirr zu uns, und zum ersten Mal gebe ich ihm eine Frucht.

Die Geschichte, die ich erzählen wollte, ist hiermit zu Ende. Vielleicht haben Sie schon einmal Ähnliches gelesen oder gehört, aber diese Geschichte hier ist anders. Sie ist das Zeugnis meiner unglaublichen Reise.

Wahrscheinlich werden Sie mir das alles nicht glauben, aber ich kann Ihnen sagen: Alles ist wahr, denn ich habe es so erlebt. Kurz gesagt: Es ist meine Geschichte.

Joe Forrest

Im Sommer des letzten Jahres wurde eine große Holztonne ans Ufer Australiens angespült. Wie lange sie im Meer unterwegs gewesen war und von wo sie genau herkam, konnte nicht festgestellt werden.

Als man sie öffnete, fand man zehn Behälter mit vielen gerollten Papierbögen vor. Diese eng beschriebenen Bögen waren kaum lesbar, auch die Zeichnungen ließen nur eine begrenzte Auswertung zu.

Experten versuchten, die Dokumente zu entschlüsseln und zu einem inhaltlich geschlossenen Text aufzubereiten. Aus den gezeichneten Fragmenten rekonstruierte man die hier gezeigten Abbildungen – so ist dieses Buch entstanden.

Der Verlag übernimmt jedoch hinsichtlich des Wahrheitsgehaltes keine Gewähr.

Epilog

Mein Name ist Carl Feuerbaum. Vergessen Sie, was Sie bislang gelesen haben. Joe Forrest?

Ich will Ihnen das mal erklären.

Ich bin keine Reinkarnation. Ich bin auch kein Flugkapitän. Das heißt, ich wollte mal einer werden, aber diverse Gründe, die ich hier nicht weiter erläutern möchte, haben mich davon abgehalten. Einen Grund verrate ich Ihnen allerdings doch: Ich stürze ungern ab!

Die Welt ist voller Geheimnisse, obwohl wir vieles oder sogar fast alles zu wissen meinen. Und in der Tat: Wir wissen mehr als vorherige Generationen, bauen unser Leben auf deren Errungenschaften auf – und trotzdem müssen alle Menschen, wirklich alle, ihre eigenen Erfahrungen machen, Dinge lernen, die man schon früher kannte und konnte. Seltsam, nicht wahr?

So hat sich jeder Mensch sein Wissen, seine eigene Wahrheit zusammengefügt. Aber wir glauben das nur – tatsächlich behaupten können wir es nicht. Manche sagen, sämtliches Wissen, jede Wahrheit bestehe ohnehin nur aus Einbildungen. Wir verstehen nur, was wir sehen und fühlen, halten es für wahr und richtig, weil es uns die Erfahrung bislang so vermittelt hat. Erfahrungen sind aber nur subjektive Abspeicherungen im Gehirn, Gefühle, in diesem Zusammenhang vielleicht sogar ein Irrtum. Allein, dieses Buch gelesen zu haben, könnte sich somit als Trugschluss herausstellen.

Doch lassen Sie mich zum Beginn des Epilogs zurückkehren: Ich, Carl Feuerbaum, bin der Urheber, Autor
und Verfasser dieser Zeilen, dieses fiktiven, belletristi-
schen Buches, schreibe unter einem Pseudonym.

Übrigens gibt es Lucy wirklich. Wir haben geheiratet
und Kinder bekommen. Unsere Tochter heißt Sita, und
unser Sohn heißt Joe, mit zweitem Vornamen Forrest.

Dreimal dürfen Sie raten, welchen Beruf Joe Forrest
Feuerbaum ergriffen hat. Ich sage nur eins: Er ist kein
Gärtner geworden …

So schließt sich der Kreis. Und je mehr Leute dieses
Buch lesen, desto wahrer wird es.

Ihr *Carl Feuerbaum*

Register:

Namen

Flugkapitän	-	Carl Feuerbaum
Co-Pilot	-	Joe Forrest
Stewardess	-	Lucy Barkow
Airline	-	Translator
Flugzeug	-	Konrad Lorenz

… sowie Andrea Paul, Moritz Theus und Tim Lexow

Häuptling	-	Pan-Pan
Medizinmann	-	Mugambi
Fährtenleser	-	Mabouri
Krieger	-	Naroug, Ndugu, Tatu, Tano
… weitere	-	Mbololo, Kibo Kigoma, Zawadi
Frauen	-	Pan-Thera, Akili, Theluji, Sita,
		Saba, Mbili, Kumi, Zawadi,
		Malindi, Kibaja u. v. a.

(Die Namen der Ureinwohner sind teilweise der Sprache Swahili entnommen; Quelle: Tafel im Berliner Zoo)

Kay Fischer

Nachwort des Autors

Die Geschichte »Joe Forrest« tanzte mir schon einige Zeit im Kopf herum, zuallererst nach »Zootopolis«, also 2010. Später sollte die Story in eine Sammlung von Kurzgeschichten, die sich inhaltlich miteinander verknüpfen, eingebettet werden. Das gemeinsame Thema sollte »Reisen« sein.

Beim Schreiben kristallisierte sich jedoch diese Geschichte besonders heraus, und je länger ich daran arbeitete, desto lebendiger wurden die Figuren: Sie wollten unbedingt der Mittelpunkt des Buches werden, und so beschlossen wir (die Figuren und ich), nur diese eine Version zu schreiben (die Figuren der nicht geschriebenen Geschichten mögen mir das bitte verzeihen).

Ich habe diesmal ganz bewusst den Ich-Erzählstil in der Gegenwartsform gewählt, um die Handlung so nahe wie möglich an den Leser zu bringen. Natürlich ist die Geschichte frei erfunden, ebenso die Namen, die teilweise allerdings der Sprache Swahili entstammen. Die hier verwendete Sprache der Ureinwohner ist eine Mischung aus Swahili und meines selbst erfundenen Vokabulars. Ich versichere, beides nach bestem Gewissen eingesetzt zu haben, jedoch gibt es aus Gründen der freischaffenden Kunst keinen Anspruch auf die absolut richtige Interpretation. Ebenso verhält es sich mit den Worten »Ureinwohner/Wilde«, die hier zugunsten eines abwechslungsreichen Wortschatzes eingesetzt wurden und keinerlei Wertung darstellen sollen.

Die flugtechnischen Angaben sind gemäß der Recherchen in die Handlung eingeflochten worden, erheben aber keinen Anspruch auf sachliche Richtigkeit.

Ähnlichkeiten oder eventuelle Gleichheiten mit Namen, Personen, Wortkreationen, Firmen etc. sind zufällig und nicht beabsichtigt. Der Name »Translator« ist in mehrfacher Hinsicht zu verstehen: »Trans« ist eine Abkürzung für Transit oder Transport, »lator« lehnt sich an Senator an, was dem Namen eine gewisse Eleganz und etwas Seriöses geben soll. Zudem kann die englische Version »etwas zu übersetzen« vom sprachlichen Verständnis ins Begreifliche transportiert werden, also »jemanden (von einem Land zum anderen) übersetzen«. Der Name soll in diesem Buch allerdings auf Deutsch ausgesprochen werden.

Meine Zeichnungen sind freihändig, also ohne Computerhilfe, unterwegs mit Kugelschreiber entstanden. Anschließend wurden sie auf vergrößerten Kopien mit diversen Stiften, Tipp-Ex und Zahnstochern verfeinert. Manche der abgebildeten Pflanzen sind prähistorischen Vorbildern nachempfunden. Das Cover entstand ebenfalls nach meinem Entwurf.

Manuskriptarbeiten dauern lange. Für dieses Buch waren zehn Fassungen nötig. Erstmalig habe ich mich zudem größtenteils zur neuen Rechtschreibung durchringen können, was mich in bestimmten Fällen Überwindung kostete.

Besonderer Dank gilt Silke Sewing, die mir mit Rat und Tat zur Seite stand; unsere Gespräche waren wunderbar! Erika und Heinz-German Fischer danke ich ebenfalls für ihre Unterstützung.

<u>Zum Schluss noch eine Bitte</u>: Diskussionen und (Internet-) Rezensionen zu diesem Buch sind durchaus erwünscht. Es

versteht sich jedoch von selbst, dass das Ende bzw. die Auf-
lösung des Buches nicht weitergegeben bzw. veröffentlicht
werden darf. Vielen Dank.

Kay Fischer – Berlin, 2015 – www.kayfischer.de

Strand von Bugdu
ISBN 978-3-8370-3382-3

Das Wellhornboot
ISBN 978-3-8334-8237-3

Zeit im Sand
ISBN 978-3-8334-4459-3

Zootopolis
ISBN 978-3-8448-3312-6